Eiga & Takamatsu
「新入生諸君!」

# 新入生諸君！

久我有加

キャラ文庫

この作品はフィクションです。
実在の人物・団体・事件などにはいっさい関係ありません。

目次

口絵・本文イラスト／高城リョウ

新入生諸君！

「英芽、英芽。待ちなさい、走ったらあかん」

母の焦った声が背後から聞こえてきたが、鶴見英芽は立ち止まらなかった。真新しい木の香りが充満した中を、軽い足取りで歩く。

正面には広い舞台があった。その舞台には艶やかに光る平台ピアノが置いてある。異国の優美な漆黒の鳥が羽を休めているかのようだ。

見上げた天井は遥かに高かった。何度か行ったことがある教会も天井が高いが、それよりもずっと高い。飾りのついた窓から差し込む秋の穏やかな光が、真新しい劇場を優しく照らしている。陽光を受けた客席は、後ろへいくほど高くなっていた。これだと後ろの席からも舞台全体が見渡せる。

こんな建物、初めてや。

七歳になったばかりの英芽が住む港街、神戸には洋風の建物がたくさんある。が、明治を三十三年数えた今も、ここまで大きくて立派な建築物は見たことがない。

「もう、ちょろちょろせんの。恥ずかしい」

母と共に後を追ってきた三つ年上の姉、幸にも小言を言われたが、英芽はかまわず通路を弾むように歩いた。

英芽、と太い声で呼ばれて振り返る。恰幅の良い体を洋装に包んだ父に頭を撫でられた。

「お父さん、お父さん！　ここ凄いなあ！」

「そうやな。立派や。けど今日は音楽会やから、静かにせんとあかんぞ」

はい、と英芽は良い返事をした。

その様子を見ていた洋装の女性が、ニコニコと笑って声をあげる。

「愛らしい坊やだこと！」

「ほんまに。西洋画の天使様のようやわ」

その隣にいる女性も目を細めた。陶器を思わせる白く滑らかな肌と、ぱっちりとした二重の目、そしてツンと尖った鼻先のせいだろう、西洋のお人形のようとよく言われる容姿なので、見られることには慣れている。にっこり笑ってみせると、二人はますます相好を崩した。

反対側の座席にいる栗色の髪の西洋人の女性も笑顔だ。転ばないようにね、坊や！　英語で綴られた言葉に、若い頃、横浜で働いていた父から教わった英語で返す。

Appreciated so much. I will be careful.――ありがとうございます。気を付けます。

まあ！　英語が話せるの？

ほんの少しだけ。

そんなやりとりを、周囲は驚いたように、父は満足そうに、母は嬉しそうに、姉は胡散臭そうに見ているのがわかる。

客席にいるのは大人ばかりで、半数近くが外国人だ。幼い子供は英芽と姉くらいである。新しい劇場のこけら落としの音楽会へ行こうと父が言い出したのは十日ほど前のことだ。私費を投じて桜(さくら)音楽堂を建てた岸上寅造(きしがみとらぞう)という老紳士に切符を譲ってもらったのだという。

父は大きな麵麭(パン)製造所を営んでおり、商工会の集まりにも頻繁に顔を出している。そこで岸上に、娘が去年からピアノを習い始めたと話した——もとい自慢したところ、では家族皆で聴きに来ないかと誘われたらしい。

中ほどの席に、父、英芽、姉、母の順に並んで座った。母は和装だが、英芽も姉も父と同じ洋装だ。今日の音楽会のために父が誂(あつら)えてくれた一張羅である。その新しい洋服が、高ぶる気持ちを更に盛り上げる。

きょろきょろ周囲を見まわしつつ足を頻(しき)りに揺らすと、姉ににらまれた。

「落ち着きないなあ。じっとしてて」

ん、と頷(うなず)いて一応足の動きは止めたが、劇場を見るのはやめられない。

ため息をついた姉は英芽を放って、母に話しかけた。

「お母さん、今日のピアノ独奏で演奏されるベートーヴェンのピアノ・ソナタ、私がいつか弾けるようになりたいて思とう曲やの」

「まあ、そう。楽しみやねえ」

べーとーべんて、変な言葉。

そう思ったが、姉に怒られそうだったので口には出さなかった。かわりに姉が持っている演目を書いた紙――プログラムというらしい――を横から覗く。アルファベットがずらりと並んでいるが、うまく読めなかった。眉を寄せた英芽は父の袖を引いた。

「なあ、お父さん、これ英語と違うん?」

「ああ、これは英語やない。ドイツ語や」

「ドイツ語?」

そうやで、と姉が得意げに口を出してくる。

「これ、ベートーヴェンて読むんや。ドイツの音楽家の名前や」

「こっちは?」

「シューベルト。この人も音楽家や」

「お姉ちゃんはなんでドイツ語がわかるん?」

「そらハンナ先生、ドイツ人やし」

「え、そうなんや」

ハンナ先生は姉のピアノの教師である。正直、姉が弾くたどたどしいピアノにも、ピアノの先生にも、それほど興味はなかった。

けど、ドイツ語はおもしろそうや。

やがて開演の時間になった。舞台の脇にある小さな扉から最初に出てきたのは、口髭をたくわえた長身の外国人男性と、華やかなドレスを纏った外国人女性だった。女性が鍵盤の前に腰を下ろし、男性はピアノの脇に立つ。

モーニングを着た口髭の男は客席に向かって優雅に一礼した。拍手が湧く。英芽もつられて手を叩いた。

女の人がピアノを弾くみたいやけど、男の人は何をするんやろ。

女性がピアノを弾き始めた。哀しみを帯びた静かな旋律が、耳を甘く撫でる。

英芽は大きく目を見開き、女性を見つめた。

こんな曲聞いたことない……！

我知らず身を乗り出すと、男が深く息を吸った。そして歌い出した。

ライザ　フリーエン　マイネ　リーダ　ドアーッシュ　デア　ナハツ　ズ　ディア。

知らない言葉だ。意味はわからない。

しかしその美しく、切々と訴えかける歌声は、英芽の胸を震わせた。幼稚園や尋常小学校で習った唱歌や軍歌とはまるで違う。

劇場全体に、力強く澄んだ声が響き渡った。この建物が楽器になったのではないかと錯覚する。

今まで一度も感じたことのない熱い感情が込み上げてきて、英芽はぎゅっとシャツの胸の辺りを握りしめた。

これほど甘美で切ない旋律が、歌が、この世にあるなんて。

僕も、この歌を歌いたい。

この美しい歌を、この美しい場所で歌いたい。


トランクを床に置いた英芽は、まず窓を開けることにした。八月の末、まだ夏の気配が強く残っているせいで、締め切られていた部屋は暑い。

窓を大きく開け放つと、たちまち乾いた風が入ってきた。心地好さに思わずため息をつく。

実家のある神戸から汽車に乗って大阪駅で降り、更に馬車に乗って約一時間。大阪といっても相当な田舎だ。こんもりとした山と大根畑が遠くに見える。内陸なので、実家とは違って海の匂いがしない。

遠くから聞こえてくるのは掛け声だ。時折ボールをバットで打つ音が聞こえてくる。どうやら野球部が練習しているらしい。

ここの野球部とは違うけど、野球部にはええ思い出がない。

振り返り、改めて部屋を見渡す。

広くはないが、決して狭くもない部屋に机が二つ。棚が二つ。寝台が二つ。どれにも装飾は一切ないが、頑丈な造りのようだ。

さすが名の知れた尽瘁商業専門学校の学生寮である。十七歳になった英芽は、今日からこの峻坂寮の二人部屋で暮らすのだ。

経済界のみならず教育界、文学界、政界にまで数多の人材を輩出してきた全寮制の尽瘁商業専門学校へ入ることは、主に父の希望だった。明日の入学式には母と共に出席するらしい。

もっとも、尽瘁に入るのは英芽の希望でもあった。なにしろこの学校には合唱部がある。そしてその合唱部は毎年、憧れの桜音楽堂で音楽会を開いているのだ。

よし、今日活動しとうかわからんけど、講堂へ行ってみよう。

部屋を出ようとしたちょうどそのとき、ふいにガチャリとドアが開いた。

わ！　と思わず声をあげる。

入ってきたのは、トランクを携えた背の高い洋装の男だった。柔らかな印象の端整な目鼻立ちだが、厚みのある体つきのせいでひ弱な印象はない。

「驚かせてしまって悪かった。ノックすればよかったな」

話し方も、顔立ちと同じく優しげで柔らかい。関西の訛りはないから、関東の生まれなのだろう。きっと彼が同室の男だ。

「いや、僕も早よう来すぎたから。あ、僕は鶴見英芽。これからよろしく」

大股で歩み寄って右手を差し出す。

男はわずかに目を見開いたが、すぐに滑らかな仕種で応じた。

「僕は高松拾。よろしく」

にっこりと笑みを向けられ、英芽もつられて笑顔になった。寮は二人部屋だから同室の学生が嫌な奴やったら厄介やなと思っていたが、この男とならなんとかうまくやれそうだ。

――ん？　高松拾？

聞いたことがある名前である。特に拾という名前は珍しい。同姓同名が何人もいるとは思えない。

「高松、君、もしかして東京の中学で野球をしとったか」

高松は戸惑ったように首を傾げた後、曖昧に頷いた。

「うん？　ああ」

やっぱりそうか。

高松拾。中学で野球部に所属していた同級生たちが、憧れの選手として度々口に出していた名前だ。東京の野球部とはほとんど交流がないにもかかわらず噂が流れていたということは、相当優秀なのだろう。

尽瘁商業専門学校は関西のみならず全国でも野球の強豪校として名を馳せているから、その関わりでわざわざ東京から大阪へやって来たのかもしれない。

英芽は眉を寄せ、改めて高松を見上げた。拳ひとつ分ほど背が高いようだ。中学の野球部の

男たちのように血気盛んな様子はない。偉そうでもない。

「鶴見？　どうかしたか？」

　黙って見つめる英芽に、高松は再び首を傾げる。くっきりとした二重の目は、どこまでも穏やかだ。

　ん、と英芽は頷いた。

「なんでもない。悪かったな、じろじろ見て」

「いや、かまわないが……」

「勝手に左側に荷物を置いてしもたけど、君、右側でええか」

「ああ、いいぞ」

「そうか。よかった。そしたらまた後でな」

　高松をかわしてドアへ向かおうとすると、え、と高松が声をあげた。鶴見、と慌てたように呼び止められる。

　英芽はドアを半分開けたまま振り返った。

「なんや」

「どこへ行くんだ」

「講堂や」

「講堂で何かあるのか？」

「合唱部が活動しとうかもしれんから、様子を見に行く」

「合唱部」

くり返した高松に、うんと頷く。

「僕は合唱部に入るために、この学校へ入ったからな」

「そうなのか」

高松は目を丸くしてこちらをまじまじと見下ろした。

眉を寄せた英芽は、高松をにらみつけた。

「なんや。合唱なんか、女子供のやることとやて言いたいんか」

「え、いや。そんなことは思っていない」

高松は慌てたように首を横に振った。揶揄するつもりはなく、本心のようだ。

「それやったらええ。君が何をしようと勝手やが、僕の邪魔はするなよ」

言い置いて部屋を出る。

つかつかと廊下を早足で歩いていると、向かい側から歩いてきた、丸い顔と丸い体つきの小柄な男がぎょっとしたように道を譲った。別の部屋から顔を出していた太い眉の男も、驚いたようにこちらを見つめる。

子供の頃から見られることに慣れていたが、成長するにつれて更に慣れていったので、無遠慮な視線も何とも思わない。なにしろ中学時代は、大勢の女学生たちに見つめられていたのだ。

若い頃は小町と呼ばれ、辺り一帯で知らぬ者のいない美人だった母親譲りの整った顔立ちと、肌理の細かい白い肌は、意図せずとも人の目を惹きつける。そんな美貌に加え、家にあるピアノでよくシューベルトの歌曲を弾き語りしていたのだ。通称『シューベルトの君』として、近隣の女学校では有名だったらしい。

実際、通学の道すがら大勢の女学生に後をつけられたりもした。また、ピアノが置いてある部屋の外には女学生たちが頻繁にたむろしていた。窓から顔を覗かせようものなら、生垣越しでろくに姿も見えないだろうに、キャー！　と黄色い悲鳴があがった。

そうして騒がれるのは、実はやぶさかではなかった。歌手になって大きな舞台でシューベルトの歌曲を歌うことを幾度も夢想していたせいかもしれない。注目されるのは嫌ではない。

「鶴見」

後ろから呼ばれ、英芽は肩越しに振り返った。いつのまにか高松がついて来ている。

「なんや。何か用か」

「いや、僕も一緒に講堂へ行きたいんだが、いいか？」

「はあ？　なんでや」

「なんでって、合唱部に興味が湧いたから」

英芽は高松に胡乱な目を向けた。

高松は、ん？　と問うように首を傾げる。

「一緒に来てもええけど、君のような男にとったらおもしろいことは何もないぞ」

「そうか？」

高松はただでさえ柔和な顔に、穏やかな笑みを浮かべた。

なんや薄ぼんやりした、気ぃの抜けた男やな……。

中学の野球部の連中が矢鱈と高松高松と騒いでいたから、蛮カラの権化のような粗野で厳つい男を想像していた。

高松と連れ立って寮を出た英芽は、講堂をめざした。校舎と渡り廊下でつながってはいるものの、独立した大きな建物なのですぐに見つかる。華美ではないががっしりとした洋風の建物を見上げ、あっちやと指さすと、うんと高松は頷いた。

ふいに運動場の方から、ナイスボール！　という大きな声が聞こえてきた。間を置かず、わあ！　といくつもの歓声が晴れた空に響く。

英芽は隣を歩く高松を見上げた。

「野球部は見に行かんでええんか？」

「ああ、行かなくていい」

高松はあっさり答える。運動場を振り返ることもしない。

なんでやろ。野球のことはよう知っとうから、見に行くまでもないってことやろか。

しかし同じ野球部でも、中学と専門学校では活動の内容が違うのではないか。

まあでも、本人がええって言うとるんやから、ええか。

今はともかく合唱部だ。

たどり着いた講堂は、立派な洋風の建物だった。この学校ができた明治二十二年、つまり二十一年前に建てられたと聞いている。

大きな扉の前で耳をすませたが、何も聞こえてこなかった。人の気配もない。どうやら合唱部は活動していないようだ。

閉まっているかもしれないと思いつつ扉に手をかけると、ぎいい、という重い音と共に、意外にも簡単に開いた。

思わず高松を見上げる。高松もこちらを見下ろしてきた。

「開いたぞ」

「ああ」

「僕は中をちょっと見てくる。合唱部の活動もないようやし、君は部屋へ戻ってくれ」

高松に言い置いて、英芽は躊躇（ためら）うことなく講堂へ入った。

天井が高い。開け放たれた窓から明るい日差しが降り注いでいる。椅子が八十ほど並べられているのは、明日の入学式のためだろう。扉が開いていたのも、式の準備の途中だからかもしれない。

正面の演壇の脇に平台ピアノが置かれていた。引き寄せられるように、自然とそちらに足を向ける。

そっと蓋を開けると、黄色味を帯びた艶やかな象牙の鍵盤が現れた。さすが名門私立学校、外国製の豪奢な平台ピアノだ。確か桜音楽堂にあるピアノと同じ会社の物である。にわかに胸が高鳴った。

「立派なピアノだな」

ふいに声が講堂に響いて、ピアノの前に腰かけていた英芽は驚いた。

てっきり部屋に戻ったものと思っていた高松が、こちらに歩み寄ってくる。

「なんや、戻ったんと違うんか」

高松は否とも応とも答えず、ピアノの脇に立った。

「鶴見、ピアノが弾けるのか？」

「まあな。しかし僕は歌う方が好きや」

「どんな歌を歌うんだ」

「うん？　よし、同室のよしみで特別に聞かせてやろう」

ピアノが弾きたくてたまらなかった英芽は、これ幸いと鍵盤に指を置いた。ひんやりとした硬い感触に、ますます胸が高鳴る。

高松に見つめられているのを感じつつひとつ息を吐き、今日まで何度も稽古した憧れの曲を奏で始めた。前奏を弾き終え、おもむろに歌い出す。

「Leise flehen meine Lieder
Durch die Nacht zu Dir;
In den stillen Hain hernieder,
Liebchen,komm'zu mir!」

――僕の歌が優しく請い願う。
――夜のしじま、君に。
――どうか静かな木立へ降りてきてくれないか。
――恋しい人よ、僕の元へおいで！

初めて聞いた七つのときはわからなかったドイツ語の歌詞の意味も、十年経(た)った今では理解できる。ルードヴィヒ・レルシュタープの詩にフランツ・ペーター・シューベルトが曲をつけた『シュテントヒェン』。英名は『セレナーデ』。これは狂おしいほどの恋の歌なのだ。

僕はまだこんな恋はしたことないけど、誰かを想(おも)う気持ちはわかる。

尋常小学校でかわいいなと思った女の子がいた。姿を目にしただけで、笑う声を聞いただけで嬉しかった。

ピアノ教師のハンナにも尋常小学校や中学校の音楽教師にも褒(ほ)められた澄んだ歌声は、講堂によく響いた。高松が呆気(あっけ)にとられたように見つめているのがわかる。それ自体は気分が良いが、響きは桜音楽堂には及ばない。音楽堂で聴いた歌は、もっと降り注ぐようだった。

最後まで歌い終わると、大きな拍手が聞こえてきた。高松は突っ立っているだけなので、彼の拍手ではない。

慌てて振り返ると、詰襟の学生服を身につけた二人の男が手を叩きながら講堂に入ってきた。

「実に美しいテノールや！」

「ピアノも情感豊かで素晴らしい」

笑みを浮かべて歩み寄ってきた上級生二人に、英芽は立ち上がって頭を下げた。

「勝手に弾いて申し訳ありません！」

「気にするな。ええもんを聴かせてもろた。今のはシューベルツのシュテントヒェンだな」

ドイツ語の発音で話しかけてきたのは、二人のうち背が低い方の男だ。くりっとした大きな目が印象的である。

「完璧な発音やったが、君はドイツ語ができるんか」

「はい。ドイツ人の先生にご教授いただいたので、ある程度はできます」

「ピアノはいつから習てるんや」

「七歳から十五歳まで、ドイツ語と一緒に、そのドイツ人の先生に習いました」

桜音楽堂の音楽会から帰った後、英芽は父にねだってハンナ先生にピアノとドイツ語を教えてもらうことにした。シューベルトの歌曲を弾きながら歌いたいばかりに熱心に稽古したため、ドイツ語だけでなくピアノもあっという間に姉より上達した。それがおもしろくなかったのか、姉は翌年にピアノをやめてしまったのだが。

「なるほど。ドイツ語もピアノも本場仕込みというわけか」

感心したように言ったのは、ひょろりとした牛蒡を思わせる、色黒で長身の男だった。

「あの、僕、新入生の鶴見英芽です。合唱部に入りたいんですが、先輩方は合唱部の方ですか？」

西洋音楽に詳しいからきっとそうだろうと思って尋ねると、二人は顔を見合わせた。口を開いたのは目の大きい男だった。

「いかにも我々は合唱部員や。君を大いに歓迎したいところやけど、合唱部は恐らく今年で廃部になる」

えっ！　と叫んだ声が講堂にこだました。

「なんでですか！」

「今、合唱部の部員は五人いるが、全員四年生や。学校に部として認められるためには五人必要や。そやから今年、新入生が五人入らんかったら来年早々に廃部が決定する。蛮カラが席巻する今の我が校では、五人集めるんは厳しいと考えてる」

「尽瘁は開校当時ハイカラやったて聞いたんですけど、今は蛮カラが幅をきかせとるんですか」

上級生二人の顔に苦笑が浮かぶ。その表情だけで、実情を知るには充分だった。

　そもそも四年生の部員が五人のみで、二年と三年の部員がいないことを考えれば、近年の尽瘁商業専門学校の状況が見えてくる。

　僕はここでも蛮カラと戦わんとあかんのか。ますます気合を入れんと。

「僕が入りますから、あと四人いたら廃部にはなりませんね」

　きっぱり言うと、上級生たちは目を丸くした。

　英芽は先ほどから黙ってピアノの脇に立っている高松を振り返った。上級生たちも、つられてもう一人の新入生に目を向ける。

　整った精悍な容姿で、しかも長身、存在感がありすぎるほどある男なのに、この場にいることをすっかり忘れていた。やはり妙な男だ。

　突然英芽たちに視線を向けられたせいだろう、高松は瞬きをした。

　——いや、この男はあかん。野球部に入るに決まっとる。

　英芽は先輩二人に向き直った。

「僕が四人集めます。いや、四人よりもっと大勢集めます！」

　宣言した声は、講堂中に響きわたった。

とりあえず明日、入学式が終わったら同級生に声をかけよう。その後の入寮式でも機会はある。

先輩方も勧誘するて言うておられたし。

講堂へやってきた上級生のうちの一人、背が低く目が大きな男が合唱部の部長の片岡で、もう一人、色黒でひょろりと長身の男が副部長の小野坂だった。

難しいとは思うが、我々も力を尽くそう。我々も合唱部の存続を心から願てる。

そう言ってくれた。

「難しい顔をしているな」

ふいに声をかけられ、英芽は我に返った。

高松と二人で寮の部屋に戻ってきた後、寝台に腰かけて明日の計画を練っているうちに、自分の考えに没入してしまっていたようだ。

「ああ、すまん。何か用事やったか」

「いや、用事はないが。合唱部のことを考えていたのか？」

怒った様子もなく尋ねてきた高松も、自分の寝台に腰を下ろした。自然と向かい合う形になる。

新入生の約四分の一、十五人ほどが既に寮に入っている。初日ということもあるのだろう、互いに探り合っているような状態で、想像していたより静かだった。もしかしたら英芽と高松が一番よく話していたかもしれない。

　用務係の森島（もりしま）、そして寮長の城山（しろやま）と副寮長の白鳥（しらとり）が仕切って、夕飯と風呂の順番を捌（さば）いてくれた。寮と風呂は学年ごとに分かれているため、上級生と遭遇する機会は食堂しかなかったが、新入生たちが夕飯を食べている間、上級生の姿は見られなかった。入寮式が済んでいないうちは客分で、先に食事をとるのが通例だという。

　そういったことを説明してくれた、くせの強い髪を撫でつけた城山も、面長の顔に大きな鼻が目立つ白鳥も、特に蛮カラ風ではなく洗練された印象だった。

片岡さんと小野坂さんもやけど、城山さんと白鳥さんも、ごっつ落ち着いてはった。

十七歳と二十歳、三歳の開きは大きい。

まあでも、高松も僕と同い年とは思えんけど。

浴衣（ゆかた）に着替えると、高松が引き締まった体つきをしていることが如実にわかる。野球だけでなく武術もやっているのかもしれない。徴兵検査では、間違いなく甲種合格だろう。中学の野球部員たちが高松に憧れていたのは、恐らくこの体つきのせいもある。

　学生でいる間は徴兵は猶予されるが、籤（くじ）に当たれば卒業後に入営しなくてはいけない。経済人になるにしろ教育者になるにしろ、経歴が途絶えてしまう上に、いざ戦争となれば出征しなくてはいけない入営は、できれば避けたい。しかし甲種合格の肩書きはほしい。それが学生たちの偽らざる本音だろう。日清、日露戦争を経た今、徴兵検査の結果は男の価値を決める大きな基準となっている。

もっとも、英芽は甲種だろうが丙種だろうが、あるいは不合格だろうが、どうでもいいと思っている。よく響く歌声を出すためには力が必要だから好き嫌いなく食べ、よく動くように心掛けてきた。もちろん体操科の授業は真面目に受けた。だからといって徴兵検査に己の価値は見出せないし、見出す必要性も感じない。

ともあれ、入営したくない気持ちは大多数の学生と同じだ。そもそも軍に入りたい者は、最初から士官を養成する陸海軍の学校へ行っている。

「鶴見?」

不思議そうに呼ばれて、英芽はハッとした。

いかん。高松が野球で有名な男だからか、余計なことを考えてしまう。

「すまん、何でもない。高等学校やあるまいし、まさかここでも蛮カラが幅をきかせとるとは思わんかったからな。四年生しかいないのには驚いた」

英芽の言葉に、高松は首を傾げた。

「合唱部に入るために尽瘁に入ったと言っていたな。誰か、身近に尽瘁の合唱部に入っていた者がいたのか?」

「いや。ただ、尽瘁の合唱部は毎年四月に、神戸にある桜音楽堂で音楽会をやるんや。それを見に行ってた。僕も桜音楽堂で歌いとうて、尽瘁の合唱部に入ろうて決めたんや」

桜音楽堂は建造から十年経った今も、この国では数少ない音響施設が整った建物である。一流の音楽家の演奏会が行われることがほとんどで、東京音楽学校の学生は別として、他の学校の学生が舞台に立てる機会は皆無だ。

唯一の例外が尽瘁商業専門学校の合唱部なのである。音楽堂を建てた岸上寅造の息子が尽瘁の出身で、その縁らしい。だからどうしても尽瘁商業専門学校に入りたかった。

「桜音楽堂か。僕も四年ほど前に一度行ったことがある」

「えっ、ほんまか」

驚いて尋ねると、うんと高松は頷いた。

「母方の祖父が大阪に住んでいるんだ。正月に遊びに行ったときに、新年の演奏会に連れていってもらった」

「そうか！　何を聴いた？」

「確か、メンデルスゾーンのロンド・カプリッチョーソ、ベートーヴェンのヴァイオリン・ソナタ、モーツァルトのピアノ四重奏だった」

音楽家たちの名前の発音は、英語よりドイツ語に近かった。きっとこの男もドイツ語ができるのだろう。

「ええ選曲やな！　特にメンデルスゾーンはなかなか聴けんぞ！」

思わず身を乗り出すと、高松はなぜかにこにこと笑った。柔らかな笑顔は、やはり蛮カラとはほど遠い。

「なんや。何かおかしいか」

「いや。君は本当に西洋音楽が好きなんだな」

「悪いか」

「少しも悪くない。僕は詳しくないが、西洋音楽の優美な響きはいいと思う」

穏やかな物言いに、思わずほっと息をつく。

すると高松は優しく微笑(ほほえ)んだ。

「君のピアノも歌も、実に美しかった。あまりに美しくて見惚(みと)れてしまった」

どこかうっとりした口調に、いつもなら、そうやろ、美しかったやろ！　と得意になるところだ。

しかし今はなぜか無性に照れくさくて、そうか、と口ごもってしまった。

なんでやろ。女の人にはよう褒められるけど、同じ年くらいの男に褒められることはあんまりないからやろか。

「あれだけピアノが弾けて歌えるのなら、音楽学校へ行けばよかったのに」

柔らかな眼差(まなざ)しを向けられ、う、と英芽は言葉につまった。

「ほんまは、行きたかったんや。けど、僕は長男やから父の工場を継がんとあかん」

「やりたいことがあるのなら、長男でも無理に継がなくていいだろう。他に兄弟はいないのか？」

「姉と弟がおるけど、姉は去年、軍人に嫁いだし、弟はまだ八つや。父も工場の従業員らも僕に継いでもらいたいて思とう。僕自身も音楽は好きやけど、そのつもりで生きてきた。好きな西洋音楽を学ばせてもろて、音楽会へ何度も連れて行ってもらえて幸せや。不服はない」

誰しも出自に縛られず、思いのまま自由に生きていい。享楽的だと嫌な顔をされることもあるが、英芽はそう思う。

しかし果たすべき責任を放棄しては、人の道に外れる。「自由」と「勝手」を取り違えてはいけない。

まあ、全く未練がないいて言うたら嘘になるけど、自分で決めたことやし。

「そやからこそ、桜音楽堂で歌う夢は叶えたいんや。合唱部がなくなってしもたら、その夢が叶えられん。それではこの学校に来た意味がなくなる。僕はなんとしても合唱部を存続させたい」

熱心に言いつのった英芽は、高松がまじまじとこちらを見ていることに気付いた。

あ、自分の願望ばっかり言いすぎた。

子供の頃から音楽のことになると周りが見えなくなるのだ。もっとも姉曰く、あんたは目立ちたがりなだけ、らしいが。

「もちろん純粋に歌を歌いたい気持ちもあるぞ。中学では声がわりのせいでろくに歌えんかったからな。だいたい、小中学校では軍歌やら唱歌ばっかりで西洋音楽を歌う機会はほとんどなかったし、しかも歌詞の解釈の時間が矢鱈めったら長うて、肝心の歌唱の時間がなかった。唱歌と軍歌も悪うはないけど、僕はやっぱり西洋音楽をやりたい」

あ、また自分のことばっかり言うてしもた。

「とにかく！　僕は合唱部の存続のために力を尽くす！」

精一杯真面目な顔で言ったにもかかわらず、高松は噴き出した。

「何がおかしい！」

「いや、すまない。君の表情がころころ変わるから」

「表情が変わったらあかんのか。君だって変わるだろう」

「うん、まあそうなんだが。君の場合、歌っているときと話しているときの落差がありすぎる」

「そうか？　落差があろうがなかろうが、僕は僕だ」

きっぱり言い切ると、高松は目を丸くした。次の瞬間、くっきりとした二重の目が細められ、眩しい物を見つめるような眼差しを向けられる。

「君はおもしろいな」

今度は英芽が目を丸くした。

「おもしろいなんて初めて言われた」

「おもしろいよ。同室が君のような人でよかった。改めて、これからよろしく頼む」

高松はにっこりと笑う。

君のような人でよかったという言葉に悪い気はしなくて、英芽は面映ゆい気分で頷いた。

「僕の方こそ、よろしく」


翌日の入学式は滞りなく行われた。

校長の祝辞の後、昨日、新入生たちを仕切ってくれた寮長の城山が祝辞を述べた。

尽瘁商業専門学校のモットーは自由である。諸君はそれを忘れず、他人の自由を尊重しつつ、己の信じる自由を全うしてほしい。

その言葉に、やはり蛮カラの気風は感じられなかった。

城山さんが野球部でも応援団でもないからやろか。

しかし新入生の中には、いかにもな連中が十人ほどいた。詰襟の制服に高下駄。誰かのお下がりなのか、帽子が破れている。

開校当時、貧しくて靴が買えない学生がいたため、靴の決まりはないのだ。制服や帽子も、卒業生に譲り受けたものを身に着けるのは問題ない。しかし、破損したところを直しもせずに使うのはいかがなものか。

汚ければ汚いほど一端（いっぱし）の男だというのが、蛮カラの価値観だと中学のときに知った。

はあ？　なんやそれは！　いやしくも高等教育を受けていながら、衛生っちゅうもんを理解できんのか。汚いのが男やなんて、そんなもん女学生に鼻つままれて終わりや。

思ったことをそのまま口に出して、蛮カラを気取る同級生と一触即発になった。

僕も阿呆（あほう）やない。ああいう輩（やから）は無視が一番やて学習した。

講堂から寮へ戻る道すがら、英芽は蛮カラ風の男たちを避（よ）けて歩いた。高松がそれに気付いているのか、気付いていないのかはわからなかったが、英芽から離れることなく少し後ろをついて来る。

建物を出たところで、昨日、講堂へ向かう途中に行き合った丸い顔と体つきの男を見つけた。

よし、まずはあの男に声をかけよう。

背後から近付き、とんとんと肩を叩く。

振り返った男に、にっこりと笑いかける。男は怯（ひる）んだように顔を引いた。

「君、合唱に興味はないか」

「え、がっしょう……？」

「そうや。皆で歌を歌う。唱歌やないぞ。西洋の音楽や。シューベルトや」

横に並んで矢継ぎ早に言うと、男はこちらを見上げ、ぱちくりと瞬きをした。

「しゅーべるとて何や」

「西洋の音楽家の名前や。シューベルトの歌曲は素晴らしいぞ。合唱部に入れば、シューベルトだけやない、シューマン、モーツァルト、メンデルスゾーン、いくらでも歌える。どうや、一緒に合唱部に」

「軟弱やのう！」

入らんか、と続けようとした言葉は、野太い声に遮られた。

いつのまにか避けたはずの蛮カラ風の男が近寄ってきている。黒々と日に焼けた四角い顔に、がっちりとした立派な体つきだ。胴回りの太いその体は新品の制服に包まれているが、かぶっている帽子は古びて破れていた。裸足に下駄を履いている。

「合唱なんぞ、女子供がやることや。日本男児がやることやない」

カチンときたが、英芽はなんとか冷静を保った。

「皆、寮歌は歌うやないか。応援団も応援歌を歌うやろ」

「寮歌も応援歌も、同志を鼓舞するために勇ましく歌うもんや。軟弱な合唱とは違う。おい、貴様、合唱なんかやめとけ。貴様まで軟弱な奴と思われてしまうぞ」

おい！　と英芽は我慢できずに声をあげた。

「君が合唱を軟弱と思とるんはわかった。それはそれでかまわん。勝手に思とったらええ。けど、他の者にその考えを強要するのは間違うとるんとちゃうか」

「わしは尽瘁のことを思て言うてるんや！　よその学校に軟弱な学校て思われたらどうする！」

「よその学校のことなんか知るか！　君、寮長の城山さんの話を聞いてへんかったんか。他人の自由を尊重しろて言うてはったやろ。君の自由を押しつけるな」

男をまっすぐにらみつけ、一歩も退かずに言い返す。

ぐっと言葉につまった男は、それでも負けじとにらみ返してきた。

いつのまにか足が止まっていた。丸顔の男は英芽と蛮カラ男の間でおろおろしている。周囲にいた学生たちも何事かと立ち止まった。ちょっとした人垣ができている。

おお、ちょうどええ。

「この中に、合唱部に入りたい者はおらんか」

「おるわけないやろう！」

「そうや！　女子供やあるまいし、そんな軟弱な奴はおらん！」

人垣の中から声があがった。前に出てきたのは、やはり蛮カラ風の男たちだ。怯えたように首を竦める者もいれば、不愉快そうに眉を寄せている者もいる。

「軟弱やて決めつけはようない。そんなもんは人それぞれや」

「歌いたい者は歌たらええ、それこそ自由やないか」

果敢に意見を言った数人の学生に、英芽は目を瞠った。

おお、なかなか骨のある奴がおるやないか。

「尽瘁が他校に舐められてもええんか！」

「合唱なんか認められるか！」

怒鳴った蛮カラの学生たちを、英芽は怯まずにじろりとにらんだ。

「そやから貴様らは寮長の話を聞いてへんかったんか。それとも、蛮カラの連中は人の話を理解できん無能ばっかりか」

何を！　と叫ぶなり目の前の男が胸倉をつかんできた。刹那、その腕が脇から伸びてきた手に呆気なく引き剝がされる。いてぇ！　と男が声をあげた。

驚いて振り仰ぐと、男の腕をつかんだままの高松がいた。男は振り払おうとしているが、びくともしない。

「暴力は野蛮人のすることだ。自分が間違っていないと思うのなら、言葉で説得するべきじゃないか？」

穏やかな物言いだが、目は笑っていなかった。引き締まった胸や逞しい腕から滲み出る迫力に、なぜか胸が高鳴る。

怖いと思うんやったらともかく、高揚するてなんでやろ。

殴られそうになったせいで神経が高ぶっているのだろうか。

一方、腕をつかまれた男は眉をつり上げた。

「こいつが悪口を言うたからやろう！」

「僕には君たちが先に、彼を侮辱したように聞こえたが」

にっこり笑った高松に、あ、と誰かが声をあげた。

「あいつ、左腕の高松やないか？」

「東京のか！」

「そうや、間違いない！　なんでわざわざ大阪に……」

「東京の学校へ行ったんとちゃうのか」

学生たちがざわつく。

腕をつかまれた蛮カラの学生も、高松を知っていたようだ。目を丸くしてまじまじと高松を見上げる。

「何をやっているんだ」

人垣の向こう側から、よく通る声がした。自然と道が開かれる。

歩み寄ってきたのは新入生代表で挨拶(あいさつ)をした朝妻(あさつま)だった。それほど背は高くないし、体格が良いわけでもない。顔立ちも地味で、容姿に目立つところは一切ないのに、なぜか押し出しが強い。こういう男は中学時代にはいなかった。

「どうした、何を揉(も)めている」

高松と高松に腕をつかまれた蛮カラの男、そして英芽と丸い顔の小柄な男を順に見遣(みや)る。

高松の力が緩んだのか、蛮カラ男がようやく手を振りほどいた。そして朝妻をにらみつける。

「何でもない」

本当か？　と首を傾げた朝妻は、高松を見上げた。

高松はにっこり笑って頷く。

それを確認した朝妻は、英芽に視線を移した。

「僕が合唱部に入らんかて周りに声をかけてたら、誘てもいてへんそいつに一方的に文句を言われたんや」

詳細を説明するとは思っていなかったのか、蛮カラ男だけでなく高松も目を丸くしてこちらを見る。

「今の話は本当か、北澤（きたざわ）」

「うるさい！」

怒鳴るなり、蛮カラ男——北澤と言う名前らしい——は踵（きびす）を返した。北澤の味方をしていた数人の学生も後を追う。

残された学生たちが安堵（あんど）の息を吐いた。

「蛮カラはええけど、ああいう態度はいただけん」

「口で敵（かな）わんからというて、手ぇを出したらあかん」

「蛮カラと野蛮を一緒くたにしては本末転倒や」

かわされるやりとりを聞いていた朝妻は、再び英芽に向き直った。

「君、名前は」

「鶴見英芽」

「鶴見、弁が立つのは素晴らしいことだが、ほどほどにしておけよ。逃げ場のないところまで追い詰めてはだめだ」

「向こうが勝手に言いがかりをつけてきたのに、僕が引かんとあかんのか？　そんなんは理不尽や」

「確かに理不尽だが、引かないと君自身に災いがふりかかるぞ。ただし、本当にどうしても許せないのなら話は別だ。完膚なきまでに叩きのめせ。相手が心身共に二度と立ち直れないくらい、徹底的にな」

「いや、何もそこまで……」

「そこまでじゃないのなら、やはりほどほどでやめておくことだ」

怖いことをしれっと言ってのけた朝妻は、にやりと笑った。そして黙ってやりとりを見守っている高松を見上げる。

「君は高松拾だな」

「ああ」

「鶴見をかばっていたようだが、知り合いか」

「知り合いというか、同室だ」

「そうか。なら君が鶴見の手綱を引きたまえ」

はあ？　と英芽は声をあげた。

「僕は馬やないぞ」

「うむ。見た目は美しい白馬だが、中身は猪のようだな。どうだ、高松。猪を止められるか」

猪でもない！　と否定するより先に、高松が答える。

「僕には止められない。そもそも、止めたいとも思わない」

「ほう、なぜだ」

「鶴見はおもしろいからな」

にっこり笑って答えた高松に、ははは、と朝妻は笑った。

「なるほど、おもしろいか。では君はおもしろいからといって眺めているだけか？」

「いや。災難は取り除く」

「鶴見にふりかかる災難を、君が取り除くのか？」

「そうだ」

迷いのない物言いに、朝妻は瞬きをした。

非力な子供同然の扱いをされた気がして、英芽は眉を寄せる。

「君に取り除いてもらわんでも、自分の災難くらい自分で取り除く！　それに僕は猪やない！」

「だぞうだぞ、高松」

朝妻にからかう視線を向けられた高松は、なぜか嬉しそうに微笑んだ。

なんで拒絶したのに喜ぶ……。

やはり変な男だ。

あきれたことで我に返った英芽は、ふいに思い付いて朝妻を見た。

「朝妻、君、合唱部に入らんか？」

「うん？　いや、僕は囲碁部に入る。中学のときから決めていたからな」

「そうか、残念や。この中で合唱部に入りたい者はおらんか？」

ぐるりと周囲にいる学生たちを見まわす。

しかし手を挙げる者はいなかった。

最初に声をかけた丸顔の小柄な男は、申し訳なさそうにうつむく。

北澤をはじめとする蛮カラの学生たちに反論した数人の男たちも、困ったような顔をしていた。北澤の理屈がおかしいと思っただけで、合唱部に入りたいわけではなかったようだ。

合唱は女子供がやるもの。その考え自体は、皆持っているのかもしれない。

がっかりしたものの、すぐに気を取り直す。

「今やのうてもええ、もし合唱がしてみたい思たら、ぜひ僕に声をかけてくれ！」

それから三日間、英芽は隙あらば同級生たちを合唱部に誘った。入寮式の前にも後にも声をかけたし、授業の合間の休み時間にも声をかけた。寮での自由時間にも勧誘した。

しかし、誰も合唱部に入るとは言わなかった。

「ああもう！　なんで皆、合唱の素晴らしさがわからんのや！」

バン！　と机を両手で叩く。

窓を挟んだ向こう側で机に向かっている高松は、教科書から目を離すことなく小さく笑った。ランプに照らされた精悍な横顔は、西洋画のように美しい。

夕食と風呂を済ませた後は、自由時間となっている。もっとも、自由だからといってただ遊ぶ学生は皆無だ。休憩をとるときはあるものの、ほとんどの者が自室か自習室で復習と予習をする。よほどの天才は別として、尽瘁商業専門学校の授業は適当にやってついていけるほど易(やさ)しくはない。日本歴史、西洋歴史、地理、会計学、経済学、数学、哲学などの他、英語とそれ以外の外国語を二ヶ国語学ばなくてはならない。

同じ弐(に)組だった高松とは、ドイツ語とイタリア語の授業でも一緒になった。高松は予想していた通りドイツ語ができるだけでなく、なんと英語とイタリア語も堪能(たんのう)だった。体操科は言わずもがなだ。他の教科も優秀で、既に級友たちに一目置かれている。

　ちなみに英芽は英語とドイツ語はできるものの、他は全く平凡なので、授業についていくのは骨が折れそうだ。

「おい、笑いごとやないぞ。新入生が倶楽部に入る期限は残り十日や。このままやと合唱部の存続が危うい。僕が合唱部に憧れてここへ入ったように、そもそも野球部と応援団に憧れて尽瘁に入ってきた者が多いのは確かやから、野球部と応援団を希望する者が多いのは当然としても、や。合唱をやりたい者が一人もいてへんのは納得がいかん。僕の言葉が皆に届かん理由は何やと思う？」

　高松の方へ椅子ごと体を向けて問う。

　すると高松もこちらを向いた。

「単純に数の問題じゃないか？　君は一人だが、北澤たち蛮カラは数が多い。多勢に無勢だ。大勢が寄ってたかって合唱は軟弱者のやることだとくり返せば、そうかもしれんと思う者も出てくるだろう」

　北澤をはじめとする蛮カラの学生たちは、野球部に入った者と応援団に入った者に分かれた。北澤は野球部に入った。北澤とは同じ弐組なので、余計に合唱の悪口を言っているのが目につく。英芽に直接言わないで、皆に吹聴するのが腹が立つ。

　まあ、口では僕に負けるてわかっとうからかもしれんが。

そう考えると悪い気はしない。

「しかし僕は一人やない。先輩方も勧誘しておられるんやぞ」

合唱部の先輩たちも新入生に声をかけている。食堂や自習室で熱心に話す姿を何度も見かけた。君もがんばれと英芽のことも励ましてくれた。上級生だからと無闇に威張ることのない態度に、合唱部を盛り上げねば！　とますます力が湧いた。

「その先輩方も、野球部と応援団の先輩方の数に比べればごく少数だ。寮長の城山さんは柔道部だが、副寮長の白鳥さんは応援団長でもあるしな。そもそも柔道部もけっこうな蛮カラだ」

「それはそうかもしれんが、城山さんも白鳥さんも北澤のような偏狭な野蛮人やないやろう。城山さんの入学式の挨拶と入寮式の挨拶は、至極真っ当やった。合唱部を軽んじておられるとは思えん」

「尊重しておられるのは確かだな。だから寮長と副寮長を務めておられる」

「ん！　そうや！　城山さんと白鳥さんに、蛮カラ連中の愚行を止めてもらうのはどうや！　尽瘁では蛮カラ禁止や！」

身を乗り出すと、高松は困ったように眉を寄せた。

「それでは蛮カラの自由を潰すことになるだろう。君に自由があるように、彼らにも自由がある」

穏やかに言われて、英芽は言葉につまった。

高松の言う通りだ。蛮カラに己の考えを他人に強要するなと注意しておきながら、自分がその愚行を犯してしまうところだった。

この男は普段は薄ぼんやりしているが、こうして核心をついてくるときがある。

僕こそ、高松には敵わんところがあるな……。

「確かにそうや。思たより人が集まらんせいで己の都合ばっかりになってしもた。すまん」

高松は軽く目を瞠った後、また小さく笑った。ランプの温かな光を受けて光るくっきりとした二重の目が、優しく細められる。

「僕に謝る必要はない」

「それはそうだが……」

ふいに高鳴った胸に驚いて、英芽はゴホンと咳払い（せきばらい）をした。

高松は柔らかな笑みを浮かべる。

「蛮カラと一口に言っても、様々な人がいる。横暴な輩ばかりじゃないと思うぞ」

「そうか？　僕が通てた中学の蛮カラはそんな奴ばっかりやったぞ。東京にはおったんか」

「二つ下の弟がそんな具合だ」

「高松、弟もいるんか」

「ああ。東京にいるんだから、大阪にもきっといる。まだ鶴見が出会っていないだけじゃないか？」

そうか？ と英芽は再び首を傾げた。北澤といい、その他の新入生の蛮カラといい、一様に頑固で一方的だと思う。

納得できないものを感じつつ高松を見た英芽は、ふいに気になった。

「そういうたら高松、野球部への入部届は出したんか」

「いや」

「え、まだ出してへんのか？」

ううん、と高松は曖昧な返事をする。

「なんで出さんのや。僕への気遣いはいらんぞ。君は君でやりたいことをやったらええ」

ううん、とまた高松はぼんやりとした返事をした。苦笑いを浮かべ、こちらを見つめる。

「鶴見は、なぜ僕を合唱部に誘わないいんだ」

「え？ そやかて君は野球部に入るんやろ？ 野球部の先輩らにも声をかけられてたやないか」

中学時代の高松が、全国にまで名が知れた優秀な選手だったことは既に知っている。高松の兄二人も野球選手として有名だったらしいと、野球部の蛮カラがわざわざ教えてくれた。高松は貴様とは違う、味方でいてくれるんは今だけや、と。

ちなみに高松は、東京に本社を構える大きな商社の社長の三男だという。高松の父が営む会社は、今も続く不況の原因となった三年前の東京株式相場暴落の際も倒れることなく、立派に営まれている。しかも祖父は元幕臣だそうだ。

英芽の父は百姓の出である。ご一新を機に十二歳で村を飛び出し、なんだかおもしろそうだというだけの理由で外国人居留地だった横浜へ向かった。そこで生まれて初めてパンを見て、物凄く良い匂いがして旨(うま)そうだと思い、パン屋を営んでいたイギリス人の元に押しかけて弟子入りをした。

母の実家はといえば、やはりご一新を機に小間物屋から洋品店に転身した。何のこだわりもなく、これからは舶来品の時代や！　とばかりに方針転換をしたと聞く。不況でも着飾りたい欲求は衰えないらしく、今や大阪にも支店をいくつか展開するまでになっている。

先祖のどこを探しても百姓と職人と商人しかいない。高松は、神戸の一麺麭製造所の倅(せがれ)である英芽とは何もかもが違う。

しかし徴兵検査と同様、それらも英芽にはどうでもいいことだった。合唱部で歌うのに、出自や家が何か関わりがあるか？　音楽を愛する心さえあれば足りる。

「僕は野球部に入るつもりはない」

ため息まじりに言った高松に、えっ！　と英芽は大きな声を出した。

「本気か？」

「本気だ」

至極真面目に答えられて、え！　と英芽はまた大きな声をあげてしまった。

「なんでや。君、有名な選手なんやろ」

「有名かどうかは知らないが、どうしても野球がやりたくてやっていたわけじゃない」

「そうなんか！　そしたらなんで野球をやってたんや」

「長兄と次兄がやっていたから、流れで始めただけだ」

「ああ、お兄さんか！　僕もピアノを習い始めたんは音楽会でシューベルトを聴いたことがきっかけやったけど、姉が先に習(なろ)とったことも大きかった」

「しかし君はどうしてもピアノが習いたくなって習ったんだろう。僕はそうじゃない。兄たちと野球をして遊んでいた延長で、中学でも続けただけだ」

「なるほど、兄と姉では確かに関わり方が違うな。前に言うたように僕にも弟がいるけど、九つ年が離れとるから、また関わり方が違う。そもそも弟は音楽に興味がないから、あんまり一緒に遊んだことがないんや。弟は化学や物理が好きで、小さいのに小難しい本を読み漁(あさ)って、あれこれ実験して一人で遊んどる」

へえ、と高松は感心した声を出した。

「君の弟もおもしろいな」

「まあ、あいつも変わっとうな。父も母も、こうやないとあかんとか、こうすべきやとか、そういうことを一切言わん人やから。——いや、僕の話はええんや。なあ、高松。好きでやってたわけやのうても、やめてしまうことはないんとちゃうか？　お兄さんたちも君の活躍を期待してはるやろう」

「兄たちは僕の好きにしろと言っている。君のご両親と同じで、昔から野球に限らず兄たちにあれをやれこれをやれと指示されたことはないんだ。他にやりたいこと、やってみたいことができたなら、それを思い切りやれと言われてきた。僕が自分から何かをしたいと言ったことはほぼないから、心配しているのかもしれないな」

「そうか。ええお兄さんたちやな！」

「ああ。兄たちには感謝している」

しみじみと発せられた感謝という言葉に、英芽は内心で首を傾げた。親にならまだわかるが、兄たちに感謝とは少し違和感がある。

僕には兄がいてへんから、ようわからんけど。

我知らずじっと見つめると、高松は伏せていた瞼を上げてまっすぐにこちらを見つめた。

なぜかまた、ドキ、と心臓が跳ねる。

「君の美しいシューベルトを聴いて、合唱に興味が湧いた。だから合唱部に入るよ」

あっさり言われて、え、あ、と意味のない言葉を連発してしまう。

落ち着け、僕。なんで動揺しとう。

ゴホン、と英芽は再び咳払いをした。

「僕は嬉しいけど、君はそれでええんか？」

「ああ、かまわない。興味が湧いたと言っただろう。それに君の役に立てれば、僕も嬉しい」

高松はやはりあっさりと頷く。

なんだか腑(ふ)に落ちないものを感じつつ見つめ返すと、高松はにっこり笑った。北澤の腕をつかんだときの迫力は欠片(かけら)もない。

柔らかな優しい笑みにつられて、英芽も思わずにっこり笑う。

結局、二人でにこにこしてしまった。校内を席巻する蛮カラの気風など、まるでないかのようだ。

なんやこの温(ぬる)い雰囲気は……。

やっぱり高松は気ぃの抜ける男や。けど、不思議な男でもある。

僕は高松のことをもっと知りたい。


「おお、そうか！　君も入ってくれるんか！」

「歓迎するぞ！　ようこそ合唱部へ！」

高松(たかまつ)の肩を叩(たた)いた合唱部の先輩たちの声が、講堂に響き渡った。皆、よく通る声の持ち主なのだ。

よろしくお願いします、と頭を下げた高松は笑顔である。

土曜の午後。高松は担任の教師に合唱部への入部届を提出した。そして英芽と共に、合唱部の活動が行われている講堂を訪れた。

四年生に囲まれた高松を見守っていると、部長の片岡が傍に寄ってきた。

「どうやって説得したんや」

「僕は何も言うてへんのです。高松が自分から合唱部に入りたいて言うてきて」

「自分からて、野球はどうなったんや。高松、相当有名な選手なんやろ。野球部の連中が騒いどった」

「そうらしいですね。けど高松本人は、どうしても野球がしたいわけやないそうです」

「へえ、そうなんか」

ただでさえ大きな目を更に大きくした片岡は、おもしろそうに高松を見た。

「部長、まだ高松以外は勧誘できてへんのです。すんません」

「それを言うんやったら、僕らも勧誘できてへんからな。気にするな」

「いえ、なんとかして必ずあと三人連れてきます！」

拳を握りしめると、高松を含めた先輩たちが歩み寄ってきた。

「勇ましいな、鶴見。頼りにしているぞ」

「僕らも諦めんと勧誘を続けるが、大丈夫か？」

「四年生の間でも君のことは噂になってるぞ」

「え、なんでですか」

きょとんとした英芽に、先輩たちは苦笑いした。答えてくれたのは副部長の小野坂だ。

「渡り廊下で野球部の男とやり合っただろう」

「ああ、はい」

「それを見ていた二年生がいてな。君がなまじ容姿端麗だったから印象に残ったんだろう。皆に話したせいであっという間に噂になった。ここ数日、多くの上級生に注目されていたはずだが、気付かなかったか？」

「見られてることには気付いてましたけど、だいたいどこへ行っても見られるから、気にしてませんでした」

本当のことを言っただけだったが、四年生たちは一斉に噴き出した。はは、と愉快そうに笑う。

「さすが美男子やな」

「我々には理解できん話や」

やがて片岡は、にこにこと微笑んでいる高松を見上げた。

「鶴見はええとして、高松、君は大丈夫か。合唱部に入ったら、野球部にいろいろ言われるぞ」

「大丈夫です。どの部活動に入るかは、それぞれの自由ですから」

高松が穏やかに言ったそのとき、唐突に講堂の扉が勢いよく開いた。

「邪魔するぞ！」

どうぞと誰も応じていないのに入ってきたのは、裸足に下駄を履いた三人の学生だ。一人は北澤（きたざわ）である。

三人が歩く度、講堂の板の床ががらんがらんと音をたてて、英芽は眉を寄せた。合唱に相応（ふさわ）しい静かな空気が乱された気がしたのだ。

先頭を切ってやってきた肩幅の広い長身の男は、確か野球部の部長だ。今日まで何度か高松に声をかけていた。

部長は高松を見つけて大きな声をあげた。

「ほんまにここにおったんか！　ということは、合唱部に入るつもりっちゅう話は嘘（うそ）やないんやな」

「入るつもり、やない。もう入部したんや」

怯（ひる）むことなく向き合ったのは、小柄な片岡だ。

野球部の部長は細い目をぎょっと見開いた。

「なにぃ？　ほんまか、高松！」

高松も動じる様子はなく、はいと静かに頷（うなず）いた。

「今日、授業を終えてから、合唱部への入部届を出してきました」

「まさか本気やったとは……」

北澤の隣にいる、もう一人の男がつぶやく。こちらは中肉中背だが、すばしっこそうな引き締まった体つきだ。

肩幅の広い男は、ぐいと高松に詰め寄った。

「野球はしとうないんか」

「はい」

「合唱がしたいんか?」

「はい。やってみたいです」

高松ははっきりと答えた。

野球部の部長は、長身の高松より更に背が高い。厳つい顔にはうっすら無精髭まで生えている。

が、高松は微塵も引いていなかった。背筋をまっすぐ伸ばし、涼しげに大きな先輩と対峙している。

たいした男だ。肝が据わっている。

やがて野球部の部長は、そうか、と頷いた。

「わかった。わしは野球部の部長で、四年弐組の谷原や。もし合唱が向いてへんと思たら、いつでもわしのとこへ来い。野球部は君を歓迎する」

部長！　と北澤ともう一人の男が焦った声をあげる。

「合唱なんか男がやることやない！　野球の方がよっぽど男らしい！」

「高松、貴様恥ずかしいないんか！　鶴見みたいな軟弱な奴(やつ)に唆(そそのか)されて合唱部なぞに入るとは！」

「静かにせえ！」

野球部の部長の一喝に、北澤たちは、びく、と体を強張(こわば)らせて黙り込んだ。

僕に口で勝てんからてしょうもない悪口言うな！　それから僕は高松を唆してなんかいてへん！　と言いかけた英芽も口を噤(つぐ)んだ。

部長は片岡たち合唱部の先輩に向き直り、頭を下げた。

「うちの部員が失礼なことを言うて申し訳なかった」

先輩たちは苦笑を浮かべて首を横に振る。

英芽はといえば、啞然(あぜん)として野球部の部長、谷原を見つめた。

蛮カラと一口に言っても、様々な人がいる。横暴な輩(やから)ばかりじゃないと思うぞ。

高松の言うた通りやった……。

こんな風に頭を下げる蛮カラは初めて見た。さすが専門学校の最上級生だ。

頭を上げた谷原は、北澤たちを振り返った。

「さっきの物言いは合唱部に対する侮辱や。蛮カラやからというて礼節を忘れては、ただの乱暴な野蛮人になってしまうぞ。野球部の恥や。詫びろ」

厳しい口調に、北澤ともう一人の男は悔しそうに顔を歪めた。が、部長に言われたからだろう、渋々といった感じだが、申し訳ありませんでしたと頭を下げる。谷原も再び頭を下げた。

「謝罪は受け入れる。もうええから、三人とも頭を上げてくれ」

落ち着いた笑みを浮かべた片岡は、高松、と呼んだ。

その場にいた全員が——もちろん英芽も含めて、高松を見つめる。

「ほんまに、野球はせんでもええんやな？」

片岡の問いに、はい、と高松は躊躇うことなく頷いた。

「僕は合唱部に入ります」

低く澄んだ声で言った高松は、英芽を見つめた。整った精悍な面立ちに、穏やかで優しい笑みが浮かぶ。

ドキ、とまた胸が高鳴った。それだけでなく、なぜか頬が熱くなる。

なんやこれ。高松の笑顔なんかもう何回も見とうのに、わけがわからん。

「高松、鶴見」

食事を終えて自室へ向かおうとすると、後ろから呼び止められた。

太い眉が特徴的な男が、その眉を寄せて近付いてくる。参組の藤野だ。渡り廊下で北澤と揉めたとき、軟弱やて決めつけはようないとはっきり言ってのけた男である。

その隣には、びっくりした！　という表情が素の顔らしい痩せぎすの男、石寺がいた。

「前の扉から出た方がええ」

声を落として言った藤野に、こくこくと石寺も頷く。石寺は壱組だが、藤野と同室なのだ。

「後ろの扉んとこで、応援団の四年生と三年生が待ち伏せしとるぞ」

「えっ、ほんまか」

思わず声をあげたのは英芽だ。

高松は軽く眉を上げただけである。

頷いた藤野は、やはり声をひそめて尋ねてきた。

「高松、合唱部に入ったてほんまか？」

「ああ、本当だ。今日の午後に入部届を出したばかりなのに、よく知っているな」

「北澤らが話しとった。鶴見が口で丸めこんだ、あいつは山師やて言うとる。親も山師で、阿漕な商売で成り上がったんやて」

はあ？　と英芽は思わず大きな声を出してしまった。食堂にはまだ多くの学生がいる。上級生たちが食事をとった後なので新入生ばかりだ。その新入生たちの視線が集まってきた。

ただ、北澤の姿はない。食事は二組に分かれてとる。北澤は先発組で、既に食事を終えて自室に戻っているはずだ。

「あいつ、そんなこと言うてんのか！　往生際が悪いっちゅうか、あきらめが悪いっちゅうか、頑固っちゅうか阿呆っちゅうか！」

「鶴見、落ち着け、声がでかい。え？　ちょっ、待て、高松、どこ行くんや」

無言で身を翻した高松を、藤野が慌てて呼び止める。

高松は素直に振り返った。整った面立ちには、珍しく怒りが滲んでいる。

「鶴見は誰かを唆すなんて、そんな卑怯なことは絶対にしない。僕が合唱部に入りたいから入ったんだ。だから鶴見は山師じゃない。ましてや鶴見の親御さんが山師なわけがない。そんな根も葉もない、くだらん世迷いごとを言わせておくわけにはいかん」

大声で怒鳴ったわけではない。感情を露わに激高したわけでもない。しかし凛とした声は食堂によく響いた。

いっつも大概にこにこしとる高松が、僕のために怒ってくれとう。

大いに勇気づけられた英芽は、改めて口を開いた。

「僕は麵麭製造所の倅で、父はただパンを焼いて売っとうだけの男や。山師やったら、もっとでかい商売しとるやろ」

高松を見上げると、にっこり笑ってくれた。その笑みから、皆に聞こえるように言ってくれたのだとわかって胸が熱くなる。

「鶴見の家はパンを作ってるんか」

意外なところに食いついたのは石寺だ。ただでさえ、びっくりした！　という顔が、更に驚いた表情に覆われる。

「そうや。僕の父は神戸（こうべ）で麺麭製造所を営んでる」

「あんパンは？　あんパンも作ってるんか」

「あんパンも数年前から作っとう。父が和菓子職人を雇たから餡（あん）も自家製や。小売店で売っとるだけやのうて、海軍やら駅にも納めとう」

「こ、神戸駅で売ってるあんパンは、もしかして鶴見の家のあんパンか？」

うんと頷くと、石寺はにわかにそわそわし始めた。やや削（そ）げた頬が赤くなっている。

「石寺、あんパンが好きなんか？」

藤野の問いかけに、石寺は大きく頷いた。

「わしは近江（おうみ）の山奥の生まれで、家も貧しかったさかい、汽車に乗ったんは高等小学校に上がったときが初めてやった。一緒に乗った尋常小学校の先生が駅であんパンを買（こ）うてくれやんしたんや。生まれて初めて食べたそのあんパンは、ええ匂いがして柔らこうて、餡が仰山入ってるのに饅頭（まんじゅう）の餡とはまた違う濃い甘さで、甘いパンとよう溶け合（お）うて、腰が抜けるほど旨（うま）かった。この世にあないに旨いもんはない」

おとなしい印象だった石寺の予想外の熱弁に、英芽は瞬きをした。高松も驚いているようだ。思わず視線を合わせる。

尽瘁商業専門学校の経営母体である貝瀬財閥では、優秀であるにもかかわらず貧しくて進学できない学生に奨学金を出している。石寺はその特待生なのだろう。

貧しくとも優秀な者は、学費が国費で賄われる師範学校へ行くのが一般的だ。しかし尽瘁の創設者であり、今も理事長を務める貝瀬孫次郎は、教育は国の要であり重要な仕事だが、教員以外の仕事をやりたい者もいるはずだと考えた。その仕事で国を支える道もあっていいと特待生制度を創ったという。

英芽の父は貝瀬の考え方に、大いに共感しているようだった。百姓から麵麭職人に、麵麭職人から麵麭製造所の経営者になった己自身を、特待生と重ね合わせているのかもしれない。

「ありがとう、石寺。学友があんパンを気に入ってくれとうて父に伝えとく」

にっこり笑って礼を言うと、ふいに石寺に両の肩をがっしりとつかまれた。

「ぜひ、ぜひとも、伝えといとくれやんす。ご尊父のあんパンは日本一や」

「おお、わかった。父も工員も苦労して作ったから、きっと大いに喜ぶぞ」

石寺の肩を、親しみを込めて叩き返す。

次の瞬間、なぜか高松が石寺の腕をつかんだ。そして英芽の肩から手を外させる。

「高松？」

英芽だけでなく、石寺と藤野もきょとんとして高松を見上げた。

高松自身も、なぜか驚いたような顔をする。

「いや、僕は何も」

「何もて……」

「石寺を退かしたやないか」

自分でも自分の行動の理由がよくわからなかったらしく、高松はわずかに眉を寄せた。石寺、藤野、そして最後に英芽の顔を見て不思議そうに首を傾げる。

なんや？

英芽たちもつられて首を傾げると、高松は再び石寺を見下ろし、その背中を軽く叩いた。

「僕もあんパンが好きだ」

「へ？　ああ、高松もか。あんパン、旨いよな！」

「旨い。しかし僕は東京でしか食べたことがないから、鶴見の家のあんパンも食べてみたい」

穏やかな目で見つめてくる高松に、英芽は思わず自慢した。

「うちのあんパンやったら大阪駅でも売っとう。神戸で評判のあんパンやから、大阪駅でも扱うてくれるようになったんや」

「そうか。ますます食べたくなったな。落ち着いたら休みに外出届を出して、皆で大阪駅へ行かないか？　一緒にあんパンを買って食べよう」

　高松の提案に、石寺は目を輝かせた。

「それはええな！　ぜひ行こう！」

「僕も大阪駅のあんパンは食べたことないから楽しみや」

　藤野が太い眉を動かして言う。

　さも嬉しそうに笑った石寺は高松を見上げた。続けて英芽に視線を移すと、何を思ったのか再びそわそわと手を動かす。ひとつ頷いて、まっすぐに顔を上げた。

「鶴見、わしも合唱部に入る」

　えっ、と英芽は声をあげた。藤野をはじめ、周囲で聞き耳をたてていたらしい数人の学生たちも、驚きの声をあげる。

　視界の端に、出入り口の付近から応援団の団員がこちらを注視しているのがわかった。いつまで経っても高松が出てこないので、痺れを切らして食堂へ入ってきたのだろう。

　あきらめが悪い。野球部の部長の谷原のような潔い傑物は、そういないのかもしれない。

　厳つい男たちにちらと視線を投げてから、英芽は石寺に向き直った。

「本気か？」

「おお。特にやりたい倶楽部活動はなかったから、何に入ろうか迷てたんや。旨いあんパンを作ってくれた礼に、わしは合唱部に入るでやんす。これでも、唱歌はまあまあ得意やったんや」

　びっくりした！　という顔――もとい、真面目な顔で言った石寺に、はは！　と英芽は笑ってしまった。

「あんパンを作ったんは僕と違て工員やけどな。まあ入ってくれるんやったら理由は何でもええ。歓迎するぞ、石寺」

　石寺の肩をぽんと叩く。

　また高松が動くかと思ったが、今度は何もしなかった。ただ英芽と石寺を見下ろしてにっこりと笑う。

　英芽もつられてにっこり笑った。その笑顔のまま周囲を見渡して声をかける。

「他にも合唱部に入りたい者はおらんか？　皆で歌たら楽しいぞ！」

「入らん！」

「お遊戯会やあるまいし、アホらしい！」

　すかさず怒鳴ったのは、食堂の隅にいた蛮カラたちだ。

　いつもならカッとなるところだが、にこにこと笑みを浮かべている高松が傍らにいるせいか、石寺が入ってくれたことで心に多少なりとも余裕ができたせいか、それほど気にならなかった。

　だいたいあいつらかて、朝妻が今ここにおらんから言うとるんやろうし。

　入寮式の後で行われた新入生のみの会議で、朝妻が一年を代表する一年長に選ばれた。中には例外もあるらしいが、大抵入学式で新入生代表の挨拶をした者が一年長になるらしい。首席の者が挨拶をすると決まっているわけではなく、学校側が恐らく誰もが納得するであろう数人に打診し、その中で了承した者が挨拶しているという。朝妻は納得の人選だった。

高松も一目置かれているが、口では言い返してこないとわかったせいか、あるいは穏やかで朝妻のような一種の威圧感がないせいか、蛮カラたちも少し遠慮がなくなる。

どっちにしても、人によって態度を変えるて信念も根性もない。

英芽は無視をして、もう一度食堂を見まわした。

「遠慮はいらん。合唱部に入りたい者は手をあげてくれ！」

しん、と静かになる。誰も返事をしない。

しかし先ほどの石寺のように、そわそわしている者が何人かいる。その中には、渡り廊下で声をかけた丸い顔と体つきの小柄な男——瓜生もいた。

石寺の隣にいる藤野もまた視線を彷徨わせていた。太い眉がぴくぴくと動いている。

「明日の午後、講堂で稽古があるから、興味のある者はぜひ見学にきてくれたまえ。もし入りたい思たら、いつでも声をかけてほしい」

もう一度声を張ったものの、誰も何も言わなかった。

高松を見上げると、高松もこちらを見下ろしてきた。

希望は大いにあるな、と目で語りかける。

英芽が言いたいことを察したらしく、高松は目を細めて頷いてくれた。

石寺が合唱部に入ろうと決意したのは、鶴見麺麹製造所のあんパンだけが理由ではあるまい。高松が親しみやすい雰囲気を作ってくれたからだ。高松がいるなら、と安心したのだろう。

僕にはできんことや。

妬（ねた）みはなかった。ただ凄（すご）いなと感心した。

胸の奥が熱いのは、きっと心底感心したからに違いない。

翌日の日曜、合唱部の活動に参加するため、英芽と高松と石寺は講堂へ向かった。他に集まった新入生はおらず、英芽はがっかりした。が、すぐに浮上した。

まあ、昨日の今日やしな。

少なくとも、あと二人。

期限までまだ日にちはある。

石寺は藤野に一緒に合唱をやらんかと誘ったらしい。藤野は中学で野球をやっていて、尽瘁でも野球部に入ろうと思っていたという。今日も野球部に見学へ行くと言っていた。とはいえ、まだ入部届は出していないそうだ。

野球は好きやけど、続けるかどうかはちょっと考える。

思案顔でそう言っていたという。石寺が合唱部に入ると決めたことで、何か思うところがあったようだ。

「来年の春の発表会で新入生も一緒に歌うんは、シューマンの流浪の民や。ドイツ語を知らん人にも楽しんでもらえるように、日本語で歌う」

平台ピアノの前に立って言ったのは、部長の片岡だ。鍵盤と向かい合って座っているのは副部長の小野坂である。

四年生たちはピアノの横に並び、一年生はその向かい側に立っている。

別の先輩が前に出て、英芽たちに一部ずつ楽譜を配ってくれた。いくつも書き込みがあるところを見ると、合唱部の先輩たちが使ってきたものらしい。

英芽は武者震いしそうになるのをなんとか堪えた。

いよいよや。やっと歌える。

日本語に訳された『流浪の民』は、二年前から尽瘁商業専門学校合唱部のレパートリーに入っている。美しくも物悲しい、さすらいの民の歌だ。

あのう、と石寺が恐る恐る口を開いた。

「わし……、や、僕、こんな難しい楽譜は読めへんのですけど……」

「心配はいらん。ろくに歌いもせん唱歌の授業が多い中で、ドレミファソラシドがわかるようになっただけでも素晴らしいことや。あとは耳で覚えたらええ」

片岡の穏やかな物言いに、石寺はほっと息をついてはいと返事をした。

「鶴見はええとして、高松、君はどうや。楽譜は読めるか？」

はいと頷いた高松に、片岡はにっこり笑った。

「まずは僕らが歌ってみるから、聴いてくれたまえ」

「鶴見、僕も歌いたいから伴奏をしてほしいんだが、頼めるか」

小野坂に言われて、はいと返事をする。石寺が呆気にとられているのがわかった。歌はともかく、英芽がピアノを弾くとは思っていなかったのだろう。

高松はなぜか嬉しそうにこちらを見つめている。

僕のピアノが聴けるんが嬉しいんかな。

何にせよ、温かく包み込むような眼差しが心地好い。それに、どこかくすぐったい。

自然と頬を緩めつつ艶やかに光る平台ピアノに歩み寄ると、小野坂が椅子を譲ってくれた。

伴奏が記された楽譜を手渡され、ざっと最初から最後まで目を通す。歌だけでなく伴奏も何度か耳にしているが、譜面で見るのは初めてだ。

「ちょっと弾いてみてええですか？」

「ええぞ」

ありがとうございますと言って、指を慣らすためにぽろぽろと音を鳴らす。一度弾いているから既に知っていたが、鋭すぎず、かといって柔らかすぎもしない快い音だ。

「初見やから、楽譜の通り正確には弾けんかもしれません。だいたい合わせられたらでええですか」

「うん、充分や」

大きく頷いた小野坂は、片岡たちの列に加わった。

ひとつ息を吐いて鍵盤に指を置き、四年生一人一人とぐるりと目を合わせる。小野坂が片手で指揮をしてくれたのを合図に、前奏を弾き始めた。郷愁を誘う和音が鼓膜を切なく震わせる。やがて四年生が歌い出した。

講堂に響く歌声は、たった五人とは思えない声量と美しさだった。一人一人の声がしっかりとしていて音程が安定しているので、拍子もハーモニーもぶれない。

もちろん情感も豊かだ。夜闇の中、赤く燃える焚火（たきび）を囲み、歌い踊る男女の姿がはっきりと脳裏に浮かぶ。

譜面を追って指を動かしつつ、英芽は聴き入った。

やはりこの学校へ来てよかった。合唱部に入ってよかった。

美しく重なり合った歌声の余韻が講堂の隅々に行き渡った。それを追って伴奏の最後の和音が、夢の名残のように響く。

全ての音が完全に絶えてから、高松が大きく拍手をした。その音で我に返ったらしい石寺も強く手を叩く。

「す、凄い！　きれいでやんす！　歌声が天から降ってくるようや！　西洋音楽て、こんなんなんや。凄い……！」

心底感激している様子に、四年生たちは満足げに笑った。

「感心しとる場合やない。君も歌うんやぞ」

「あと二人入ってくるとしても、少人数であることに変わりはない。一人一人の声が目立つから、がんばって稽古しないとな」

「おい、今からそんなプレッシャーをかけるな。石寺、ゆっくりでええからな。僕らも最初から歌えたわけやない」

口々に励まされ、えっ、あ、はい、と石寺は慌てたように返事をした。しかし嬉しそうだ。偉そうな人も横暴な人もいないことがわかったからかもしれない。

片岡が高松と石寺に椅子に腰かけるよう促す。四年生たちも各々腰を下ろした。

英芽もピアノに歩み寄ってきた小野坂と交替する。よかったぞと言われて、ありがとうございますと返す。

高松の隣に腰を下ろすと、彼は目を細めて微笑んだ。

「素晴らしかった」

「ほんまに、素晴らしい歌声やったな」

「いや、君のピアノだ。初見であれだけ弾けるのは素晴らしい。本当に美しかった」

「はあ？　何を聴いてたんや、君は」

あきれてにらんだが、高松はにこにこと笑うばかりだ。

なぜか急速に頬が熱くなってきて、英芽は慌てて顔を背けた。容姿だけでなくピアノも褒められるのは慣れているから、いちいち赤面したことなどなかった。それなのに高松の前では平静でいられない。

「新入部員諸君、まずは声域を確かめよう」

前に立って提案した片岡に、英芽たちは改めて向き直った。

「せいいきて何ですか？」

石寺が興奮冷めやらぬ様子で尋ねる。

「どこまで高い音を出せて、どこまで低い音を出せるかを確かめるんや。それでどのパートを歌うかを決める」

「ぱーと」

「今し方、僕らはそれぞれ別の旋律を歌たやろう。高い声、中くらいの声、低い声。どこを歌うんが最適か、それぞれ決めるんや」

はー、なるほどー、と石寺はまた感心した。

「そしたらまず、高松からいこか」

　はい、と返事をして高松が立ち上がる。

　小野坂がピアノを弾き、片岡が指示を出した。高松はピアノの音の通りの声が出せる上に、かなり声域が広い。特に低い音がぶれずに的確に出る。伸びやかな良い声だ。

　四年生たちは色めき立った。片岡と小野坂も頷き合う。

「おお、ええぞ。流浪の民、歌えるか？」

「はい、たぶん」

　高松があっさり頷いたので、小野坂が軽く前奏を奏でる。歌いやすいように伴奏ではなく旋律を弾いてくれるのに合わせて、高松は歌い出した。

　これは……。

　英芽は我知らず渋い顔つきになった。

　音程は完璧に合っている。声も出ている。

　しかし拍子が微妙にずれている。拍子が複雑なところになると、ずれは顕著になる。初めて歌う歌だからかもしれないが、それだけが理由ではないのが、なんとなくわかった。

　下手ではないけど、上手いとも言えへん……。

　高松自身、歌い続けながらもなんだかおかしいと感じているらしく、次第に眉間に皺が寄ってくる。

　小野坂と片岡も、甘いものと辛いものを同時に食べたような顔をしていた。他の四年生たちも同じだ。

歌の途中で小野坂がピアノを止めた。

「よし、ええぞ。高松はバリトンやな」

「おお、そうだな。声はよく出ていたぞ、高松。よう伸びるええ声や」

ありがとうございますと礼を言ったものの、高松はやはり眉間に皺を寄せたままだ。

なぜだ……、と思っているのが伝わってくる。真剣に悩んでいるらしい。

笑ってはいけないと思いつつも、おかしくて口許が緩みそうになる。英芽の隣の席に戻ってきた後も頻りに首を傾げるので、噴き出しそうになってしまった。今まで常に泰然として苦手なものなどないように見えていたので、余計に可愛らしく思える。

次に呼ばれた石寺は高松とは反対に、拍子は完璧に合わせられるのに音程が合わなかった。ドレミファソラシドの全音はともかく、半音の微妙な違いが歌えない。小学校や中学校で歌ってきた唱歌や軍歌に比べ、遥かに複雑な西洋音楽に戸惑っているのがよくわかる。四年生たちはまた、甘くて辛い顔をした。

うむ。いよいよ僕の出番や。

英芽は意気揚々とピアノに向かった。

さあ聴くがいい！　とばかりに小野坂がピアノの音階を順に弾いていくのに合わせて声を出す。高松より高い音が出た。声量も充分だ。

小野坂と片岡をはじめ、四年生たちの表情が和らぐ。

しかし、情感たっぷりに『流浪の民』を歌い始めると少し雰囲気が変わった。呆気にとられたように見つめられる。

我ながらええ声や。素晴らしい。

桜音楽堂ほどではないが、この講堂もよく声が響く。

内心で自画自賛しながら、高松と石寺とは違って最後まで歌い終える。

小野坂がうーんとうなった。

「鶴見」

「はい！」

「素晴らしい歌声だった」

「ありがとうございます！」

「しかし、君の歌い方は合唱には不向きかもしれん」

「えっ」

「独唱だといいんだろうがな。皆で声を合わせるのが合唱だ。そこをよく考えたまえ」

言葉を失っていると、片岡に励ますように肩を叩かれた。

「小野坂も言うたが、君の歌声はほんまに素晴らしかった。これから皆と一緒に稽古して、合唱部としてがんばっていこう」

「思わぬ落とし穴やった……！」

自室に戻るなり、英芽は寝台にどすんと腰を下ろした。

「最初に歌いたいて思たきっかけになったんが独唱を聞いたことやったから、おのずと独唱する想像しかしてへんかった。小中学校で唱歌を習たときも、ハンナ先生の前で歌たときも、人と声を合わせて歌うことは全然考えてへんかった。大きい声さえ出してたら注意されんかったから、自分が歌いたいように歌う癖がついてて、それがなかなか抜けん」

ほとんど愚痴になってしまったのは、同じパートの先輩と一緒に歌っても、なかなか声を合わせられなかったからだ。

夕食と風呂が始まる時間ぎりぎりまで稽古した。にもかかわらず、欠点は改善できなかった。

これから稽古あるのみや！

「鶴見はただ歌い方が合唱向きではなかっただけで、歌そのものは完璧だから大丈夫だ。きっとすぐに声を合わせて歌えるようになる。しかし僕は、そもそも楽譜のように歌えていない。片岡さんに何度指導してもらってもだめだった」

高松にしては珍しく弱音を吐く。

　向かい側の寝台に腰を下ろした高松を見つめ、英芽は首を傾げた。だめだったと言うわりに、柔らかく整った面立ちは緩んでいる。風呂に入ってきたばかりで浴衣(ゆかた)を身に纏(まと)っているので、余計に和らいで見えた。

「ん？　どうした」

　英芽の視線に気付いたらしく、高松も首を傾げる。

「いや、うまいこと歌えへんかったのに楽しそうやなと思て」

　高松は瞬きをした。自分が笑っていることに気付いていなかったらしく、口許を手で覆う。

「楽しいのか？」

「僕に聞くな。自分のことやろ。楽しいんと違うんか」

「ああ……、うん、そうだな。楽しい」

　手を下ろして微笑んだ高松に、英芽は笑った。

「なんやそれは。今頃気付いたんか」

　高松は曖昧に頷いた。そしてじっと英芽を見つめる。

　互いに机に向かっているときは手許を照らすのにランプを使っているが、去年、電気が引かれて各部屋に電灯がついたので室内は明るい。高松の一挙手一投足がはっきりと見える。

　あまりにまっすぐ見つめられたせいだろう、頬が熱くなってきた。

「なんや、じろじろ見て。僕、なんかおかしいか？」

照れ隠しもあってやや乱暴に問うと、いや、と高松は首を横に振った。視線が優しく緩む。

「君は少しもおかしくない。おかしいのは僕だ」

「おかしいて何がや。君かておかしいことなんかないぞ」

「いや。実は僕は、心から楽しいと思ったことがないんだ」

えっ、と英芽は思わず声をあげた。

高松は困ったように眉尻を下げて頷く。

「野球は楽しいなかったんか？」

「前に言っただろう、兄たちがやっていたから僕もやっただけで、楽しいとは思わなかった」

「え、ほんまか。うまいことボールを投げられたり、ホームラン打ったりしても嬉しいなかったんか？」

「嬉しいのは嬉しいよ。しかし楽しいのとは違う」

「ええ……」

滅多にないことだが、英芽は言葉につまった。

嬉しいと楽しいは違うだろうか？

同じではないけど、僕の場合は大抵嬉しいときは楽しいし、楽しいときは嬉しい気がする。

「けど野球の他にも、いろいろ楽しいことはあったやろ。避暑地のホテルに泊まったりとか、百貨店で旨い物を食べたりとか、芝居を見たりとか、本読んだりとか、新しいことを知ったときとか」

　うーん、と今度は高松がうなる。

「楽しいと思うことはあったかもしれないが、少なくとも我を忘れるほど夢中になったことはないな」

「そしたら友と遊んだときはどうや。魚釣りやら虫採りやらやったやろう。あと、凧揚げとか独楽まわしとか。あ、僕らが子供の頃は戦争ごっこも流行ったたな」

「そういえば、そんな遊びもあったな」

　六年ほど前、日露戦争の影響を受け、男児の間で戦争ごっこが流行った。文字通り、兵士になりきって遊ぶ。戦争ごっこというよりは兵隊ごっこだ。

　高松は特に思い入れがないらしく、軽く首を傾げた。

「楽しそうだと思えなかったから、僕はほとんどやらなかった。その頃にはもう兄に教わって野球を始めていたから、野球ばかりやっていたな」

「そうか。僕もやらんかった。僕もその頃、シューベルトとドイツ語とピアノに夢中やったから」

　本当の理由はそれだけではない。父の麵麭製造所で働いていた若い工員が二人、戦死してしまったのだ。彼らは田舎へ帰った後、華々しく出征していったという。

　二人が帰郷する前に、父が激励会を催した。工場の従業員たちだけでなく、母と姉と英芽とまだ幼かった弟も参加して、一緒にご馳走を食べた。帰還したらまた一緒に働こう、待ってるからな、と父は若者たちの肩を叩いた。二人も頷いて笑っていた。

　優しく接してくれて、ときには一緒に遊んでくれた二人が急にいなくなったこと。その後、死んでしまったと聞いたことで、英芽は少なからず動揺した。出征したからには戦死することもあると頭ではわかっていたが、十一歳の心では受け止めきれなかったのだ。そのせいか、たとえごっこでも戦争は遊びで楽しんでええもんやないやろ、と思った。

　もっとも、身近に戦死者がいても戦争ごっこを好む者もいた。そうした者は大抵、音楽に没頭する英芽を軟弱やと馬鹿にした。もちろん英芽は負けずに言い返した。兵隊さんを敬う気持ちは僕の方が君らよりずっと強い、そやからこそごっこ遊びはせんのや！　罵ってきた子らは何と返していいかわからなかったらしく、アホ、ボケ、軟弱者！　と悔しそうに怒鳴って逃げた。

　思えば当時から、英芽は軟弱と罵ってくる者と闘っていた。そしてほぼ口で言い負かしていた。やっていることは今と何も変わらない。

　まあ、高松は野球をやってたから軟弱て罵られることはなかったやろうけど。

　高松も、戦争ごっこはせんかったんやな。

　不思議な共感を覚えて我知らずじっと見つめると、高松はなぜかぎくしゃくと視線をそらした。珍しい。

「どうした、高松」

「うん？　いや、何でもない」

「そうか？」

ああと高松が頷いたきり、沈黙が落ちた。

何の話をしてたんやったっけ？

——あ、そうか。楽しいと感じたことがないて、高松が言うたんや。

「話を戻すと、君は合唱がうまないのに楽しいんやな？」

気を取り直して尋ねると、高松の視線がようやく戻ってきた。

「ああ、うまくないから楽しい」

「普通はうまくいった方が楽しいんとちゃうか？」

「そうなのか？」

「いや、知らんがな。自分のことやろ」

うーんと高松はまたうなる。そして困ったように眉を寄せた。

「自慢や厭味（いやみ）と取らないでほしいんだが」

「内容によるぞ」

「鶴見」

「すまん、話してくれ」

混ぜっ返したことをすぐに謝る。こちらが思っている以上に、高松は真面目に話しているようだ。

「僕の家は裕福だ。母方の祖父も経営者で、父方の祖父は旗本直参だったから家柄も悪くない。僕自身、健康で体格にも恵まれている」

高松が言っていることは事実だったので、うんと頷く。

「加えて僕は野球にしても柔術にしても、剣術にしても弓術にしても、勉学にしても、あまり努力しなくても人よりできてしまうんだ。もちろんその道の達人には及ばないが、ある程度にはすぐに到達してしまう。だから何をやっても、こんなものかと冷めた心地だった。そんな僕が野球部のレギュラーメンバーになっているのは、良くないと感じたんだ。一所懸命練習している他のメンバーがレギュラーになるべきだ。だから野球はやめることにした」

高松は事実を述べているだけだ。自慢や厭味ではないとわかったので、英芽はうんと頷いた。

しかし心の内では引っかかるものがあった。つまり、高松は同情でレギュラーメンバーを譲ったということか。譲られた方はどういう気持ちなのだろう。嬉しいか？　理由はどうであれ、試合に出られれば嬉しいのか。

野球をやってる奴の気持ちはようわからん……。

英芽が何も言わなかったからだろう、高松はどこかほっとしたように目許を緩めて続けた。

「そういうわけで、合唱が少しもうまくならなくて驚いたんだ」

「驚いたんか」

「驚いた。一所懸命やっても上達しないのは初めてだったから」

「上達せんて、そら稽古始めたばっかりなんやから、そんな急に」

上達せんやろ、と言いかけて、英芽は口を噤んだ。高松は何でも短期間で上達してきたのだ。恐らく一の努力で十の成果を得られる力を持っているのだろう。

羨ましい気がする一方で、そんなんはつまらんかもしれんな、とも思う。簡単にできない方が、できるまでの過程を楽しめる。それに、努力の末にできるようになったときの達成感は何物にも代えがたい。

そやから最初に高松と話したとき、薄ぼんやりした奴やと思たんかもしれん。

「なんとなくやけど、高松の気持ちもわかる」

「本当か？」

「ほんまや。物事は困難な方が魅力を感じるときがあるよな。僕もシューベルトの歌曲が英語の詞やったら、ここまでのめり込まんかったかもしれん。全くわからんドイツ語やったからこそ、より魅力を感じたたし、歌だけやのうて、なんとしてもドイツ語を学びたいていう気持ちにもなった。――ああ、その困難なことが、君にとっては合唱にあたるんか」

「そうだな」

「なるほど。よし、わかった。これから僕と一緒に、毎日稽古しよう！」

「毎日、一緒に?」

高松は柔らかな印象の目を丸くした。

その表情を見られたことがなんだかひどく嬉しくて、英芽は偉そうに続けた。

「毎日や。君は知らんやろうが、努力するっちゅうのはそういうことや。そうや! 昼休みに講堂へ行って稽古せぇへんか? 一緒に稽古した方が互いにおかしいとこを指摘できるし、切磋琢磨できる。あ、しかし稽古するんやったら石寺も誘た方がええな」

ふと思いついて言うと、そうだな、と高松はにっこり笑って頷いた。

「しかし石寺はパート練習の後、放課後に小野坂さんに指導してもらう約束をしていたぞ」

「えっ、そうなんか。石寺、先輩方の流浪の民を聴いて感激しとったもんな。稽古をつけてもらうんはええことや! けど、そうなると放課後も昼休みも稽古するんはきついかもしれんな。勉学にも時間を割かんとあかんし」

「そうだな。石寺がどう答えるかはわからんが、とにかく声はかけてみよう」

「よし、明日の朝言おう。もし断られたら二人でやるぞ」

そう言うと、高松がじっと見つめてきた。真剣な眼差しに、思わず顎を引く。

「なんや」

「僕と二人きりでもやるんだな?」

「やるに決まっとうやろ。なんや、君は僕と二人きりやったらやらんつもりか?」

「いや、まさか。君と一緒に稽古できるのは嬉しい」

破顔した高松は、しかしふと眉を寄せた。

「鶴見、君、部屋でも組でも僕と一緒なのに、稽古まで僕と二人きりで嫌じゃないか？」

いつも穏やかで飄々（ひょうひょう）としている高松が不安げな子供のように見えて、胸の奥がくすぐったくなる。

「安心せえ、嫌やったら一緒に稽古しようなんて最初から言わへん」

「そういえばそうか」

「そうや。石寺が来るにせよ来んにせよ、明日からよろしい頼む」

「そんな、僕の方こそよろしく」

ほっとしたように息を吐いて笑った顔がやはり子供のようで、くすぐったかった胸が、じわりと熱くなった。

今まで楽しいと感じたことがなかったなんて、相当変わっている。

とはいえ英芽も西洋音楽に没頭するあまり、幼い頃は「ヘンコ」だとよく言われた。ヘンコとは、神戸の方言で「おかしな子」という意味である。悪口ではないが、親しみの他にあきれが多分に含まれた言葉だ。

僕と高松は似たとこがあるかもしれん。

高松のことはもともと気持ちの良い男だと思っていたが、更に好ましく感じられた。

「すまん！」

石寺は勢いよく頭を下げた。

「放課後に小野坂さんが稽古をつけてくれはるから、昼は学習にあてようと思てたんや。そやさかい昼の稽古は……」

「ああ、僕らのことは気にするな。小野坂さんにみっちり厳しく指導してもらえ。お互いがんばろう」

英芽の励ましに、おう！　と石寺は小鼻を膨らませて頷く。

やる気に満ち溢れた様子に、英芽は高松と視線を合わせて笑みをかわした。

場所は壱組の教室の前の廊下である。授業が始まる前に石寺に声をかけた。廊下を通り過ぎる学生たちからも、教室の中からも、ちらちらと視線が飛んでくる。

「もし僕らの稽古に参加したいときがあったら、遠慮せんと声をかけてくれ」

「わかった。ありがとう」

三人で話していると、高松、と呼ぶ声がした。振り向いた先にいたのは北澤と、同じ野球部員が二人、そして土曜に野球部長と共に講堂へやってきた上級生の四人組だ。

一応上級生には、三人そろって会釈する。

「また高松にくっついてるんか、鶴見」

北澤の馬鹿にした口調に、ふんと英芽は鼻を鳴らした。

「君かていっつも誰かとくっついとるやないか。一人で僕と話すんが怖いんか」

「おまえみたいな軟弱な奴、怖いわけがあるか！」

「キャンキャンやかましいな。すぐ怒鳴るのは負け犬の遠吠えやぞ」

冷静に言い返すと、上級生が北澤を制した。

「鶴見、貴様に用はない。用があるんは高松や」

「どんなご用ですか？」

高松がすかさず尋ねる。

ゴホンと上級生は咳払いをした。

「この前は名乗る間ぁがなかったが、わしは野球部の二年生の福永や。早速やが、来月の頭に広海法律学校との試合がある。我が野球部が創部当時から行ってきた、伝統ある試合や。観客も大勢入る。君の尽瘁での初戦として相応しい試合やと思う」

「しかし僕は合唱部員ですから、野球の試合とは関わりがありません」

高松は飄々と言ってのけた。

北澤たち一年生は、なんやと！　と一斉に声をあげる。

それを手で制した上級生——福永は高松をにらんだ。

「ほんまに野球をやらんつもりか」

「はい」

「なんでや」

「合唱がしたいからです」

「野球よりもか」

「はい」

先週の土曜、講堂でもほとんど同じやりとりがあったことを思い出し、英芽は顔をしかめた。

なんや、この茶番は。この前の話聞いてへんかったんか。

英芽が苛立（いらだ）っているのを察したのだろう、石寺がハラハラしているのがわかる。落ち着け、という風にシャツの袖を軽く引っ張られた。

その様子を見咎（みとが）めたらしく、福永はこちらをにらみつける。

「鶴見、貴様ええ加減、高松に野球部に入るように言わんか」

「え、なんでですか？　高松は合唱がしたいて言うとるのに」

「ほんまは野球がしたいに決まってるやろう！　弱小の合唱部に同情しとるだけや！　そこにつけ込んでるんやろが！」

「同情しとるんか、高松」

石寺の手前、苛々を抑えて尋ねる。

高松は真面目な顔で首を横に振った。

「同情なんかしていない。僕自身が合唱部で歌を歌いたいだけだ」

「こう言うてますけど」

福永を見遣ると、みるみるうちに顔が赤くなった。

「貴様、愚弄してるんか！」

「愚弄なんかしてません。愚弄しとるんは先輩の方でしょう。高松は何度も野球はやらないとはっきり断ってる。それを受け入れへんのはあなた方野球部や。いや、違うな。部長の谷原さんは潔う引かはったから、福永さん、あなたと北澤たちに問題がある。今日こうしてまた高松に会いに来ること、谷原さんはご存じなんですか？　ご存じないなら、僕から谷原さんに直接苦情を申し立てます。振る舞いは粗野でも、あの方は礼節を重んじておられる。きっと聞き入れてくださるでしょう」

福永はこちらをにらみつけたまま黙り込んだ。北澤たちも何も言わない。どうやら谷原には言わずに来たようだ。

今、高松はたまたま英芽と石寺と一緒にいたが、もし一人でいたら四人を相手にしなくてはいけなかった。たとえ複数人に囲まれたとしても、高松なら動じずに断っただろうが、福永たちのやり口が気に入らない。

多勢に無勢て卑怯や。しかも部長に内緒で来るて姑息にもほどがある。

僕はそういうのは好かん。

注目されているのを感じつつ、英芽は声を張った。

「そもそも蛮カラは西洋風を好むスマートなハイカラの反対の理論ていうだけやのうて、姿形に惑わされずに真理を追究する武士道が元やと聞いてます。谷原さんのような方こそ蛮カラでしょう。あなた方のように粗野なだけの連中が蔓延っとうから、蛮カラの形骸化が指摘されることになる。僕は蛮カラやないし、だからというてハイカラでもないけど、何かを主張するんやったら、その主張がぶれるような振る舞いはすべきやない。説得力がまるでなくなります」

一旦言葉を切ると、おお……、とため息のような、感心したような声があちこちから聞こえてきた。ぱらぱらと拍手の音もする。

目の前にいる福永たちの顔は真っ赤だ。周囲を一年生たちが囲んでいるので、去ろうにも去れないようだ。

北澤は小刻みに体を震わせているものの、手を出してくる気配はない。その視線は英芽ではなく、英芽の隣に向けられている。

思わずそちらを見上げると、高松が笑みを浮かべて北澤を見ていた。ただ佇んでいるだけのように見えるが隙がない。恐らく北澤が一歩でも足を踏み出せば、高松はそれ以上の速さで動くだろう。そして北澤に何もさせずに制圧するに違いない。

僕のために高松を巻き込むわけにはいかん。

へたをすると、高松だけが罰せられてしまうかもしれない。

英芽は一瞬で頭が冷えるのを感じた。冷静でいたつもりだが、多少なりとも頭に血が上っていたようだ。

コホン、と咳払いをしたちょうどそのとき、そこまでや、という声が人垣の向こう側から聞こえた。

「もうすぐ授業が始まるぞ。解散」

言いながら歩み寄ってきたのは朝妻(あさつま)だ。やはり押し出しが強い。大声を出したわけではないのに、周囲にいた学生たちの輪が崩れる。石寺もあからさまに力を抜いた。

「覚えてろ！」

それだけ吐き捨て、福永は素早く踵(きびす)を返す。北澤たちも慌てて後を追った。

覚えてろて、破落戸(ごろつき)か……。

あきれて見送っていると、鶴見、と高松に呼ばれた。見上げた先に優しく細められた目がある。

「大丈夫か？」

「ああ。ありがとう」

「うん？　何が」

「いや……」

英芽は口ごもった。

僕は高松に守ってくれなんて頼んでへん。高松が勝手にやったことや。

入学したばかりのときならそう言っただろう。実際、渡り廊下で蛮カラ連中に絡まれたとき、君に取り除いてもらわんでも、自分の災難くらい自分で取り除く！　と啖呵を切った。

思えば、あれから十日ほどしか経っていない。それなのに、もっとずっと前から高松と一緒にいる気がする。

「また大した演説をぶったものだな、鶴見」

あきれたような朝妻の物言いに、英芽は思わず眉を寄せた。

「君が言うた通り、ちゃんと引いたぞ」

「あれでか？」

「あれでや。あいつらの姑息さと横暴さをもっと並べ立ててやることかてできたけど、蛮カラのことしか言わんかったやろ」

朝妻は欧米人のように肩を竦めた。

「君の方がよほど蛮カラだ」

「はあ？　僕は粗野やないし、好んで弊衣を身に着けるんも馬鹿馬鹿しいと思うぞ」

「粗野ではないが、脅されようが怒鳴られようが怯まないだろう」

「まあ、怯みはしないが、蛮カラとは違う。僕はあんなに汚くない」

「なんだ、そこが問題なのか」

ふ、と笑った朝妻にムッとすると同時に、用務員が鐘を鳴らす音が聞こえてきた。授業が始まる合図だ。

「石寺、またな。高松、教室へ戻ろう」

言って、踵を返す。

ああと頷いた高松に、朝妻が声を落として何か言うのが視界に入った。高松は困ったように眉を寄せ、それでもなぜか嬉(うれ)しそうに頷く。高松の肩を軽く叩(たた)いた朝妻は、自分の組である壱組の教室へ入っていった。

なんや。何を言われた？

気になったが、教員が歩いてくるのが見えたので尋ねることはできなかった。


英芽の伴奏に合わせて、高松が歌う。

だいぶましになってきたな……。

高松と二人、昼休みに講堂で稽古するようになって一週間。短い時間ながらも毎日歌ったおかげだろう、少しずつ拍子が合ってきた。

とはいえ主旋律ではなく、バリトンのパートを歌いつつ拍子を合わせるのは難しいようで、完璧とは程遠い。一の努力で、一の成果。常人には当たり前のことだが、一の努力で十を得てきたという高松にはもどかしいのではないかと思った。

しかし高松に苛立った様子はなかった。面倒がるでもなく怠けるでもなく、また、飽きた風もなく、本当に楽しそうに稽古している。

おかげで英芽も楽しい。一人で稽古するのに慣れていたから、二人での稽古がうまくいくかわからなかったが、杞憂(きゆう)だった。

朝起きたときから、早(は)よう昼休みにならんかなと思う。食堂で昼食をとっているときもそわそわしてしまう。急いでかきこもうとして、高松にゆっくり食べろと窘(たしな)められた。恥ずかしくて赤くなりつつ、わかっとう！　と答えると、高松は笑った。いつもの穏やかな笑みではなく、本当におかしいのだとわかる笑い方に、やはり恥ずかしくて、しかし嫌な気分ではなくて、英芽は高松の広い肩を叩いた。高松はやはり笑っていた。

二人で部屋ですごすときは、大抵それぞれ机に向かって学習する。高松に教えてもらうときもあるが、基本は別々だ。

歌の稽古のときは、声を合わせて同じ歌を歌う。二人そろって同じことをするのが楽しい。

歌い終えた高松は、平台ピアノの前に腰かけた英芽を見下ろした。

「どうだった？」

「だいぶ良うなった」

「本当か？」

うんと頷いてみせると、高松はさも嬉しそうな笑みを浮かべた。

胸の奥がくすぐったくなる。

高松といると、ときどきこんな風になる。決して嫌なわけではないが、落ち着かない。その落ち着かない感じも嫌ではない。

こんなん初めてや。変なの。

「全体的に良うなったけど、ここがまだちょっと違う」

ピアノでバリトンのパートを弾き、自らも本来のテノールではなくバリトンのパートを歌う。

己の歌声が講堂に響くのを心地好く感じつつ、もう一度、今度はゆっくりとバリトンのパートを弾いた。

「これが正しい音程と拍子や。もう一回歌てみてくれ。さん、はい」

ピアノを弾くが、高松の歌声は聞こえてこない。

「高松？　どうした」

傍らに立つ高松を見上げる。

すると高松はハッとしたように目を見開いた。

「かまわんけど、疲れたか？　ちょっと休むか」

「あ、いや、すまない」

勉学と食事と風呂以外の時間は、ほぼ歌っているのだ。英芽にとっては夢のような毎日だが、高松は違うだろう。どうしてもやりたいわけではなくても、野球中心の生活だったのだ。いきなり歌ばかりになったら戸惑って当然である。一努力して一しか成果を得られないことを、想像していたのと違うと感じてもおかしくない。

しかし胸を撫でる仕種をした高松は、にっこり笑みを浮かべた。

「いや、大丈夫だ。続けたい」

「ほんまか？　疲れたとかだけと違て、歌うのが嫌になったんやったらちゃんと正直に言えよ。怒らんから」

「少しも嫌になんかなっていないよ。ありがとう、鶴見」

優しい眼差しで見下ろされ、食堂で咎められたときのように頬が熱くなった。見つめられるのは慣れているのに気恥ずかしくて、ぎこちなく視線をそらす。

「――嫌になってへんのやったら、さっきのとこをもう一回歌え」

「わかった」

高松が頷いたのを確かめてピアノを弾く。

バリトンの旋律に合わせ、高松は歌った。低く澄んだ声が講堂に響く。

ええ声やな、と思う。

拍子は完璧とは言えないが、声が好きだ。

「さっきより良うなったぞ」

「そうか？　よかった」

「今のを忘れんうちに、僕と一緒に歌（うと）てみよう」

既に何度も演奏しているため、かなり上手（うま）く弾けるようになった前奏を弾き始めると、高松がにわかに緊張するのがわかった。その気配に、またしても胸の奥が熱いような、くすぐったいような感覚に襲われる。

ほんまに何やろ、これ。

不思議に思いつつも、二人で声を合わせて歌い出した。

感情を込めすぎて、歌声が突出しないように抑える。高松の声と己の声が違和感なく混じり合うように、高松の声をよく聴いて歌う。

しかし感情は失わない。松明（たいまつ）の揺らぐ炎に照らされた夜の森。そこで歌い踊る流浪の民の歓喜と悲哀を言葉に、声に乗せる。

高松は音程はほとんど外さない。そのせいで、ぴったりときれいに声が合わさるときがある。

それがたまらなく気持ちがいい。

高松が苦手なところに差しかかったので、右手だけ伴奏をやめてバリトンの旋律を弾いた。

高松はピアノの音を頼りに歌う。拍子も音も合っている。

最後の節を歌った後、伴奏を続けながら高松と視線を合わせた。うまく歌えた！　とばかりに瞳を輝かせる男に、また胸が熱くなる。長身で引き締まった逞しい体つきなのに、なんだか可愛らしい。

最後の和音を弾くと、拍手の音が響いた。驚いて高松と共に振り返る。

講堂の扉が開き、見覚えのある一年生が三人入ってきた。石寺と同室の藤野、そして渡り廊下で最初に声をかけた丸い顔の男、瓜生、もう一人は同じ弐組の戸田である。

「素晴らしい！　凄いな、鶴見、高松！」

「二人でそれだけ美やかやったら、大勢で歌たらもっと荘厳やろうな！」

「聴き惚れてしまった」

口々に賞賛する藤野らに、高松と顔を見合わせる。

「どうしたんや。僕と高松に何か用か」

今度は三人が顔を見合わせた。藤野が一歩前に進み出る。そして英芽と高松を交互に見つめた。

「僕らも合唱部に入る。さっき、三人で入部届を出してきた」

「えっ、ほんまか！」

英芽は思わず立ち上がった。ガタン！　と椅子が大きな音をたてる。

おうと応じた藤野が戸田と瓜生を振り返った。二人はしっかり頷く。

「実は、今日まで君たちの稽古を講堂の外で聴かせてもらっていたんだ」

「鶴見があまりに熱心に合唱部に勧誘するさかい、どんなもんか気になって」

「合唱部の稽古も聴かしてもろてた。自分でも歌えるんやったら歌てみたいと思たんや」

各々が熱心に言いつのる。

そうか！　と英芽は満面に笑みを浮かべた。

「よう来てくれた、歓迎する！　これからよろしい頼むな！」

「よかったな、鶴見」

高松に声をかけられ、ん！　と頷く。

高松も嬉しそうににっこり笑った。その顔を見て、ますます嬉しくなる。

それを合図に、三人は安心したようにピアノに寄ってきた。

「鶴見はピアノが弾けるんだな」

話しかけてきたのは、同じ組の戸田だ。英語とフランス語が堪能で洗練された雰囲気がある。

「ハイカラ」の権化のような男だが、細面で中肉中背という地味な容姿のせいか、あるいは物静かなせいか、あまり目立たない。

「戸田もピアノが弾けるのか？」

「いや、僕は弾けないが従姉が習っていた。従姉は高等女学校を出て、今、東京音楽学校の本科に通っている」

「え、選科と違て本科でピアノを学んでおられるんか」

ああと戸田は頷いた。

その戸田にではなく英芽に、高松が尋ねてくる。

「本科と選科は違うのか？」

「違う。音楽の専門家になるために学ぶんが本科や。選科は自分の習いたい科目だけを履修する。それと選科には入学試験がない。履歴書を提出するだけやから、ある程度西洋音楽の心得があれば誰でも学べるが、音楽家にはなれん」

高松だけではなく、へえ、と藤野と瓜生も感心した声をあげる。

東京音楽学校の本科か……。

凄いな。羨ましい。

思いがけないところから憧れの学校の名前が出てきた。本科と選科の違いを知っているのは、自分は行けないとわかっていながら調べたからだ。どうせなら本科へ行って、声楽を学びたいと思った。

思うだけやったら、誰にも迷惑かけへんし。

「従姉が音楽学校へ行くほどピアノを熱心に稽古してはったてことは、戸田は西洋音楽をよう聴いてたんか？」

興味深そうに尋ねたのは瓜生だ。

「いや、従姉とは正月に顔を合わせるくらいで、そう頻繁に会っていたわけではなかったからな。しかし従姉の家へ行くとピアノで西洋音楽を聴かせてくれた」

「そうなんや。ええなあ。僕の家は田んぼばっかりの田舎で、西洋音楽とは縁がなかった」

眉を寄せた瓜生の肩を、藤野が元気づけるように叩く。

「僕の家も田舎の漁村の網元で、西洋音楽には縁がなかった。合唱部に入ったら、西洋の歌をいっぱい歌えるやないか」

「ああ、うん、そうやな」

瓜生は目を丸くした後、嬉しそうに笑った。もしかしたら藤野とはそれほど親しく話したことがなかったのかもしれない。元野球部で、一見すると厳つい男だから近寄りがたかったのだろう。

やりとりを聞いていた英芽も嬉しくなって、よし！　と頷いた。

「高松、もう一度最初から歌おう」

ああと応じた高松が姿勢を正す。

「さっき歌っていた歌だな。曲名は？」

戸田の問いに、英芽は得意満面で答えた。

「シューマン作曲の流浪の民、や」

「賑(にぎ)やかやな」

ふいに軽やかな声が聞こえてきた。

振り返った先にいたのは、長身に立派な口髭(くちひげ)を生やした英語教師の臼井(うすい)だ。一年と二年に英語を教えている彼は、合唱部の顧問でもある。年は三十二で、イギリスに留学経験があると聞いた。ちなみに尽瘁商業専門学校の卒業生だ。

合唱部に限らず、各倶楽部の活動そのものは学生の自主性に任せられている。が、発表会や試合等の対外的な催しをする場合は、顧問に了承を得なくてはいけない。

「臼井先生、何か御用ですか」

「皆で話してるとこを邪魔してすまん。戸田、石寺、藤野、さっき入部届を受け取ったぞ。僕が顧問や。よろしく頼む」

名前を呼ばれた三人は、よろしくお願いします、とそろって頭を下げた。

「入部届に不備がありましたか?」

尋ねた藤野に、いや、と臼井は首を横に振る。

「高松を捜してたんや」

「僕ですか。何でしょう」

講堂に入ってきた臼井に、高松がすかさず応じる。

「個人的なことだから外で話そうか」

個人的なことて何や。

疑問に思ったのは英芽だけではなかったらしく、藤野たちも高松と臼井を交互に見つめる。

高松は英芽を含め、その場にいた全員を見まわした。

「僕はここでかまいませんが」

「そうか？　まあ内密ていうわけでもないし、妙な憶測を呼ぶんも良うないから、ここで話そか」

はい、と頷いた高松は臼井に椅子を勧めた。

ありがとう、しかし長い話やないから、と臼井は遠慮した。そして改めて口を開く。

「君は入学試験で次席やった。本来なら次席は学費免除や。しかし先日、辞退する旨の手紙と書類がご尊父から届いた。君も承知してるんやな？」

はい、と高松は頷いた。

高松は次席やったんか。

するとやはり新入生代表の挨拶をした朝妻が首席なのだろう。高松が優秀なのは既にわかっているからか、皆さもありなんという顔をしている。

入学試験で首席と次席だった者は、学費が免除されるのは周知の事実だ。そして高松の家が免除を断ることは充分ありうる。高松は恐らく、学内でも指折りの裕福な家の息子だからだ。

「学費の支払い免除を断るんはええ。過去にも何人か例があるからな。しかし万年筆の受け取りまで辞退するんはどうかと思うぞ」

えっ、と英芽たちは一斉に声をあげた。

尽瘁商業専門学校では、入学試験で首席と次席だった学生に特注の外国製の万年筆が贈られるのが通例である。授与式こそないものの、この万年筆を持っていると卒業後も一種の勲章になるらしい。社交場でもてはやされ、商談につながることもあるそうだ。

ちなみに卒業時に首席だと、金の懐中時計がもらえる。次席は銀時計だ。

「万年筆は持っているので、三席の人に受け取ってもらった方がいいと思います」

謙遜するでもなく、威張るでもなく、高松は穏やかに言う。

藤野は太い眉を思い切り上げた。石寺はただでさえ、びっくりした！　という顔を、めっさびっくりした！　という風に更に目を剝く。戸田は西洋人さながらに肩を竦めた。

英芽はといえば、やはりぎょっとして高松を見つめた。その口調と同じで、いつもと変わらない涼しげな笑みを浮かべている。

臼井も驚いたようだが、やがて苦笑いした。

「そういうことやない。君も次席の万年筆は持ってへんやろ」

「しかし万年筆は万年筆ですから」

いやいやいやいやいや。何を言うてるんや、違うやろ。

首席と次席の者だけが持てる万年筆と、金さえ出せば誰でも買える万年筆が同じであるわけがない。英芽はほしいと思ったことはないし、今も興味はないが、万年筆ほしさに必死で受験勉強に励む者もいるらしいのだ。

　高松が以前、野球部のレギュラーメンバーを譲りたいと言ったときも違和感を覚えたが、今の万年筆の発言ではっきりした。

　高松は、ずれている。

「僕には必要ないので必要としている人に贈ってください。校長先生にも、そう伝えていただけますか」

「ちょ、待て！　高松」

　英芽は思わず声をあげた。

「それはあかんやろ」

「なぜだ」

「三席の学生は、三席やと知らされた上で万年筆を受け取ることになる。そうですね、臼井先生」

　そうや、と臼井は頷く。

　英芽は不思議そうな顔をしている高松に向き直った。

「三席やのに、次席の人間がいらんて言うたから譲られたて知ったら、ええ気はせんと思うぞ。少なくとも、僕は嬉しいない」

「なぜだ」

「なぜて、実際は三番やからや。二番の奴に譲られた万年筆が己の物やとは思えん。君は単純に必要ないから譲るだけで、三席の者を馬鹿にしとるわけやないんはわかる。しかし三席の者が真剣に勉学に取り組んどったら、虚仮にされたように感じるはずや。君のことをとんでもない傲慢な奴やと思うかもしれん」

「え、そうなのか」

高松は驚いたように目を見開く。

そうなのだよ、と英芽は敢えて標準語で応じて大きく頷いてみせた。

「そやから学費の免除を断るんは好きにしたらええけど、万年筆は受け取った方がええと僕は思う。譲るなんて、他意があろうがなかろうが三席の学生に失礼や」

黙って話を聞いていた高松は、確かめるように臼井を見た。臼井が頷いたのを見て、石寺、藤野、戸田にも問いかける眼差しを向ける。各々がしっかり頷いたのを確かめ、再び英芽に視線を戻した。

「そうなのか？」

もう一度問われて、ん、と英芽も首を縦に振ってみせた。

「そうなのか……」

高松は感心したような、それでいて叱られた子供のような声を出した。どうやら本当に万年筆を譲ってはいけない理由をわかっていなかったようだ。

以前聞いた、一の努力で十の成果を得られる話が本当なら、一の成果しか得られない者の気持ちがわからないのも頷ける。

それにしたって、やっぱり変わってるけど……。

しょんぼりという言葉が全く似つかわしくない男がしょんぼり肩を落としているのが、なんだか無性にいじらしくて、英芽は高松の背中を摩(さす)った。

「君に悪気があったわけやないんはわかっとう。ただ、虚仮にされたと思た奴が逆恨みするかもしれんから、気ぃ付けた方がええ」

「わかった。指摘してくれてありがとう、鶴見。大切なことに気付けたよ」

真面目な顔で言った高松は、英芽に向かってにっこり笑った。そして臼井に向き直る。

「先生、万年筆はちょうだいします」

「うむ。そしたら、校長先生にその旨伝えておく」

「はい、お願いします。お手数をかけて申し訳ありませんでした」

頭を下げる高松を、英芽は目を細めて見つめた。変な男に違いないが、素直なところは好ましい。

それに、礼を言うてくれた。

自分が高松に良い影響を与えられたのだと思うと、これまでになく嬉しかった。

　藤野、瓜生、戸田の入部を、合唱部の四年生たちは大いに喜んだ。

　一年生が六人入ってくれたから、僕らが卒業しても大丈夫やな。これで合唱部廃部の危機は免れた！

　四年生五人と一年生六人で、計十一人。五人での合唱も素晴らしかったが、十一人いれば、もっと重厚で広がりのある合唱になるはずだ。今週の全員そろっての稽古が楽しみで仕方がない。

　ああ、早(は)よう日曜にならんかな。

　その前に、今日の昼の高松との稽古も楽しみや。

　昼食を食べながら、英芽は自然と笑み崩れた。今日の献立は、パンと牛肉の煮込みだ。よく煮込まれているので、牛肉はもちろん、バレイショとタマネギとニンジンも柔らかく、洋風の味つけも旨(うま)い。

「鶴見」

　パンを咀嚼(そしゃく)しつつ隣で食事をとっている高松を見遣る。

　高松は楽しげに微笑(ほほえ)んだ。

「頬張りすぎだ」

「ん?」

「頬がぱんぱんになっている。落ち着いて、よく噛んで食べろ」

ん、と頷いて牛乳を飲む。ちゃんと口の中を空にしてからもう一度高松を見上げた。

「早よう稽古しとうて」

「うん、それは僕もだ」

高松がにっこり笑ったので、英芽もにっこり笑った。高松も練習が楽しみだとわかって嬉しくなる。

「僕は頬をぱんぱんにしている鶴見もいいと思うが、喉に詰まると大変だからな。ゆっくり食べろ」

わかったと応じて、今度はバレイショを半分に割ってから口に入れた。高松が見ているのがわかって、ちゃんとちょっとだけにしたぞ、と報告するかわりに頷いてみせる。

すると高松は目を細めて微笑んだ。ただそれだけのことで胸の奥がくすぐったくなる。

正面の席から咳払いが聞こえてきて、高松と二人で前を向いた。

石寺と藤野がなぜか苦笑を浮かべてこちらを見ている。

「なんや」

「いや。あの、今日は僕も稽古に参加したいんやけど、ええか?」

石寺が遠慮がちに言う。

藤野もいつものはっきりした物言いはどこへやら、僕も、ともごもご口にする。

「まだパート決まってへんし、流浪の民は歌えへんけど、見学したい」

「おう、ええぞ。皆で稽古しよう！　な、高松」

「ああ。一緒にやろう」

にこやかに応じた高松の言葉に、二人はほっと息をついた。

そのやりとりを見ていた、高松と反対側に腰かけていた男が、おい、と話しかけてくる。確か石寺と同じ壱組の学生だ。

「余計な世話かもしれんが、妙な噂をたてる奴がおるぞ」

「噂？」

「ああ。言おうかどうしようか迷たんやけどな。ほとんどの者が気にしてへんけど、一応そういうことを言うてる奴がおるて知っておいた方がええかと思て」

良い噂でないのは男の渋面を見ればわかる。ちらと石寺を見ると、彼は小さく頷いた。どうやら信頼できる人物らしい。

「噂ていうんは高松のことなんやけど」

「高松？　僕やないんか」

「ああ、鶴見やない。高松や」

英芽は眉を寄せて高松を振り返った。

高松は動揺した様子もなく、目顔で頷く。

「高松が何を言われとるんや」

もう一度振り返って問うと、男は声を落とした。

「高松が東京から大阪へ来た理由についてや。お兄さんたちは東京の学校に通ておられるのに、高松だけが大阪の学校へ入ったんは、高松が庶子で、父親にも母親にも疎まれて遠ざけられたからやて」

「なんやその根も葉もない噂は！　誰がそんなしょうもないことを言うとんのや！」

眉を吊り上げた英芽の肩を、高松が宥めるように叩いた。

「鶴見、怒らなくていい」

「はあ？　なんでや。好き勝手言われて黙ってろ言うんか」

「好き勝手じゃない。僕が庶子なのは事実だ」

「えっ、そうなんか」

「ああ。わざわざ自分から話すのも変だから言っていなかっただけで、隠しているわけじゃない」

石寺と藤野だけでなく、周囲の学生たちの視線も集まってくる。壱組の男も驚いたように目を丸くした。

高松は特に辛そうでもなく平然と続ける。

「芸者だった実母は産後の肥立ちが悪くて死んでしまって、僕は生まれてすぐ高松の家に引き取られたんだ。だから十歳くらいまで、育ての母——父にとっての本妻が実の母だと思っていた。兄二人と弟のことも、異母兄弟だなんて微塵も想像したことがなかった。母と血のつながりがないと知っても、最初は信じられなかったくらいだ」

一度言葉を切った高松はにっこり笑った。

「僕が庶子なのは本当だが、父と母に疎まれたというのは間違っている。僕が尽瘁に来たのは、育ててくれた母の実家が大阪にあって、子供の頃から祖父に可愛がってもらっていたんだ。その祖父が尽瘁のことをよく話してくれて、自由な校風がおもしろそうだと憧れていた。それで以前から行きたいと思っていて、尽瘁に来たんだ」

周囲にいた学生たちは、なるほどという顔をした。なんや、そういうことか、誰や、しょうもないこと言うて。噂を打ち消す噂が広がっていく。

遠巻きにしている学生たちの中には、ばつが悪そうにしている者もいた。もしかしたら悪い噂話を広めていたのかもしれない。

庶子であることは、学生の間も卒業した後もそれほど不利にはならない。華族や裕福な家に庶子がいるのは珍しくないからだ。体面を保つためもあるのだろう、庶子にも惜しみなく金銭を出す御大尽が多いので貧しい者は少ない。必然的に大抵の者は高等教育も受けている。

だから噂を流した者が本当に広めたかったのは、今し方高松が否定した、親に疎まれているという部分ではないか。

英芽はちろ、と視線を動かし、奥の席で固まっている北澤たちをにらんだ。決めつけるのは良くないとは思うが、あの中の誰かが噂を流したと見て間違いないだろう。全くこちらを見ないのが、逆に怪しい。

妬(ねた)みか、僻(ひが)みか、恨みか。

いずれにしても高松を貶(おとし)めようとするなんて許せない。

ふつふつと怒りが湧いてきたとき、鶴見、と優しく呼ばれた。

「僕は平気だ。東京にいた頃にも、こういうことは何度かあったから慣れている」

柔らかく微笑んだ高松に、ズキリと胸が痛んだ。急激に怒りが萎(しぼ)む。

「そんなん慣れんでええ。というか、慣れたらあかん」

それでも思ったことをぼそぼそとつぶやくと、うんと高松は嬉しそうに頷く。そして、ありがとうと礼を言った。

高松は穏やかで優しい。薄ぼんやりしているし、変わっているところもあるが、可愛らしさもある。物事に動じない強さも持ち合わせている。

良い男だと思う。好ましい。

さっき、わざわざ自分から話すのも変やからて言うとったけど、僕には話してくれてもよかったのに……。

大勢と一緒に聞かされるのではなく、二人きりのときに話してほしかった。

「！」

自分でも驚くほど女々しい考えが浮かんで、英芽は動揺した。こんな未練がましいような、意気地のない感情は知らない。

生まれて初めての感情を打ち払うために、バン！　と机を叩く。

「どんな事情があってもなかっても、これからは僕が高松の傍におって味方になるから大丈夫や！」

きっぱり言い切ってから、高松だけでなく石寺を含めた周囲の学生たちにも見つめられていることに気付いた。

僕、何かおかしいこと言うたか？

答えを求めて高松を見遣る。

整った面立ちにはさも嬉しそうな笑みが浮かんでいた。

高松があまりに嬉しそうなので、英芽も嬉しくなる。つられて微笑むと、ふ、と戸田が笑った。

「入部したばかりだが、僕ら合唱部の部員も高松の味方だ」

その冷静な物言いに我に返ったらしく、石寺と藤野も大きく頷いた。

「そうやぞ、高松。しょうもない噂なんか気にすんな」

「嘘の噂を流してる方がアホなんや」

二人だけでなく周囲の学生たちにも気にするなと励まされ、高松はありがとうと礼を言う。その笑顔が自分に向けられた甘やかすようなそれとは違っていて、英芽は満足を覚えた。

しかし次の瞬間、眉をひそめる。

なんやこれは。高松と一番親しい友でいたいてことか？

今のとこ、一番親しいんは僕のはずや。

同室で同じ組、外国語の選択授業も同じだ。倶楽部活動も同じ。昼休みも一緒にいる。朝から晩まで、否、次の朝までずっと一緒だ。高松に最も近くて親しいのは、間違いなく英芽だろう。

もっと親しいなりたいてことか？　これ以上まだ？

自分の気持ちなのによくわからなくて、英芽は渋面のまま残りの煮込みを口に入れた。


その日の最後の授業は体操だった。体操着に着替えて運動場へ集まる。

英芽は武道は苦手だが、体操と走るのは得意だ。今日は学校の周囲を走る授業なので苦痛ではない。

「鶴見？　気分が悪いのか？」

ふいに声をかけられ、英芽は瞬(まばた)きをした。

青く晴れた空の下、爽やかな秋の陽光を遮って覗(のぞ)き込んできたのは高松だ。

「いや、平気や」

「本当か？　昼からずっとしかめっ面をしているぞ。どこか痛いんじゃないのか？」

授業中に私語は厳禁だ。それでも心配なのか、声を落として尋ねてくる男に、いや、と再び首を横に振る。

「ほんまに大丈夫や」

昼食後の合唱の稽古でも、気が付くと眉を寄せてしまっていた。せっかく石寺と藤野と戸田も一緒だったのに、あまり集中できなかった。歌の稽古をしている最中に上の空になるなんて初めてだった。

高松のせいや。

英芽は改めて隣に立つ高松を見上げた。綿の白いシャツに白いズボンが、広い肩としっかりとした胸、長い手足に映えている。高松に比べると、英芽の体は華奢(きゃしゃ)ではないものの細身だ。

同じ男やのに、違う。

同じ男やのに、胸が騒ぐ。

以前から高松と話していると胸の奥がくすぐったくなるときがあったが、それが度を増した感じだ。

「鶴見？　熱でもあるんじゃないのか」

英芽が珍しく黙っているのが気になったのだろう、高松が額に手を伸ばしてきた。

いいや、僕、君の隣で昼飯めっさ食うとったやろ。ゆっくり食えて注意したん忘れたんか。熱なんかあるわけない。

そう思いつつもなぜか言葉が出なかった。ただ黙って高松が触れてくるのを待ってしまう。

長い指を備えた大きな掌が額に届く寸前に、体操の教師の太く低い声が響いた。

「では始めるぞ！　位置につけ！」

慌てて高松と共に出発点へ移動する。高松はまだ心配しているらしく、気遣うようにこちらを見ていた。

「最初に説明した通り、今日は三周走る。ゆっくりでもかまわんから、必ず最後まで走り通すように！」

はい！　と返事をする。

教師の合図で学生たちは一斉に走り出した。

高松はどうやら英芽の傍を離れないと決めたらしい。恐らくもっと速く走れるのだろうが、英芽に合わせているようだ。

「こんなときまで二人一緒か」

後ろから馬鹿にした物言いが聞こえてきて、英芽は思わず背後をにらみつけた。

すぐ後ろを走っているのは北澤だ。

「一緒で何が悪い」

「一人では何にもできんから一緒におるんやろ」

「はあ？　おまえの方が群れてるやろが」

鶴見、と高松が呼ぶ。振り返ると、相手にするな、という風に首を横に振られた。

僕がふっかけたわけやない。向こうが厭味(いやみ)を言うてきたんや。

そう目顔で言うが、また首を横に振られる。

――高松があかんて言うんやったら、しゃあない……。

思い切り顔をしかめつつも黙ると、北澤が横に並んできた。

「やっぱり一人では何もできんのやな。男が男に守られて恥ずかしいないんか」

嘲る物言いにムッとしたものの、言い返すのを我慢する。

無視されたのが気に入らなかったのだろう、北澤は更に言いつのった。

「合唱みたいな軟弱なことをしとるから、そうやって軟弱な精神になるんや。高松も結局は軟弱やから、合唱をするて決めたんやろ。所詮は芸者の子や」

ああ？　と英芽は我慢するのも忘れて不穏な声をあげた。

「しょうもない噂を流したんは、やっぱり貴様か。言うてええこととあかんことの違いもわからんダボめ。だいたい、なんで高松の噂や。僕が気に食わんのやったら、僕の噂をしたらええやろ。高松はもう合唱部に入ったのに、いつまでも未練がましい。貴様は嘘つきで恥知らずで、愚劣な卑怯者や」

走りながら吐き捨てた途端、足首に衝撃が走ってつんのめる。足を引っかけられたのだと悟ったときには、しっかりと高松に抱えられていた。

「おい、何をするんだ！　危ないだろう！」

高松が珍しく怒鳴る。

後ろから走ってきた者たちだけでなく、前を走っていた者も何事かと立ち止まった。どうした、何があった、と寄ってくる。

「鶴見、大丈夫か」

「大丈夫や、すまん」

英芽は高松に支えられた体勢をなんとか立て直し、キッと北澤をにらんだ。

「口で勝てんとすぐに手が出る。そういうとこが卑怯者やて言うんや！」

北澤の顔がみるみるうちに赤黒く染まった。刹那、胸ぐらを力まかせにつかまれる。

しかしその手は高松がすかさず叩（はた）き落とした。

北澤はうなり声をあげ、すぐにまた飛びかかってくる。今度は高松も容赦なく北澤の腕をつかんだ。たいして力を入れず、地面に引き倒す。痛かったのだろう、北澤がひしゃげた声をあげた。

「おい、何をやってるんや！」

「やめろ！　馬鹿！」

「落ち着け！　鶴見、高松！」

わっと級友たちが寄ってきた。珍しく戸田の慌てた声も聞こえる。

蛮カラを気取る連中何人かが、北澤を助けようとする。英芽と高松に飛びかかってくる者もいる。高松は英芽をかばいつつ、それらを片っ端から撃退する。他にも英芽と高松から、蛮カラを引き剝（は）がそうとする者もいる。

気が付けば、あちこちで取っ組み合いが始まっていた。もはや走っている者は誰もいない。

巻き上がる土埃（つちぼこり）の中、よせ！　やめろ！　痛い！　やったな！　この野郎！　待て！　貴様！　と怒号が飛び交う。

「コラー！　貴様ら、やめんかー！」

教師の怒鳴り声が聞こえたが、乱闘はしばらく続いた。

結局、弐組全員が乱闘騒ぎに加わった咎で、一ヶ月外出禁止となった。倶楽部活動も一ヶ月禁止である。

「理不尽や！」

英芽は足を踏み鳴らした。

場所は寮の部屋である。寮長の城山と副寮長の白鳥、そして一年長の朝妻の監視の下、風呂と食事を終えたところだ。ここで教員が出てこないあたりが中学とは異なる。

「先に因縁をつけてきたんも足を引っかけてきたんも、北澤の方や！　あいつが罰を受けるべきやろう！　それやのになんで全員が外出禁止で倶楽部活動禁止なんや！　納得がいかん！」

「落ち着け、鶴見。校長先生と西堀先生が弐組一人一人の話に耳を傾けてくださった上での結論だ。叱られはしたが、頭ごなしに怒られたわけではなかっただろう」

西堀は弐組の担任の教師である。

優しく宥める高松を、英芽はにらんだ。

浴衣をゆったりと纏って寝台に腰を下ろした男は、いつもと変わらない穏やかな笑みを浮かべている。

「高松は悔しいないんか！」

「悔しくはない。君に怪我をさせてしまったのは悔やまれるが」

「こんな掠り傷、血ぃも出んかったし怪我のうちに入らん。君が護ってくれたから、これで済んだ」

　手の甲にうっすらとついた傷の他は、軽い打ち身があるくらいだ。英芽に殴りかかろうとする者を、高松が退(ど)けてくれたおかげである。

　肩を落とした英芽は、高松の隣に腰を下ろした。電灯に照らされた滑らかな頬に、痛々しい傷がついている。今は浴衣で隠れているが、体にもいくつか打撲の痕があるはずだ。

　高松が己を護ることだけに専念していれば、無傷でいられただろう。

　僕を護ったから怪我した。

　全部自分のせいだと思うと、とても見ていられなくてうつむく。

「……すまん」

「うん？　何が」

「僕を庇(かば)たせいで、怪我さしてしもたから……」

「鶴見が気にすることじゃない。道場に通い始めた頃はもっと傷だらけになっていた。しばらく鍛錬していなかったから、鈍っていたんだな。少しでいいから毎日やるようにするよ」

　英芽は恐る恐る顔を上げた。

　高松はにっこりと笑みを浮かべる。かと思うと形の良い眉を寄せた。

「僕のことより、君、体操の授業の前から調子が悪かっただろう。あんな騒ぎになってしまって心配だったんだ。大丈夫か？」

そういえば、高松に対する自分の気持ちがよくわからなくて、もやもやしていたのだ。

もやもやしていただけではなく、大きな掌が額を覆ってくるのを待ってしまった。

また、北澤に高松を悪く言われたとき、自分の悪口を言われたときよりずっと腹が立った。相手にしないでおこうと思っていたのに、我慢する間もなく言い返した。

あれは何やったんやろ。

我知らずじっと見つめると、高松は首を傾(かし)げて覗き込んでくる。

「鶴見？　やはり具合が悪いか？」

昼間と同じように、高松の大きな手が伸びてきた。今度は邪魔が入らなかったので、掌がそっと額に触れる。英芽は自然と瞼(まぶた)を閉じた。

あ、ちょっと冷たい。

夜はそれなりに気温が下がるようになったせいだろう。

けど、高松に触られるんは嫌やない。

むしろもっと触ってほしい。

「……熱はないみたいだな」

囁(ささや)いた声が、なぜかわずかに震えているように感じて目を開ける。ほとんど同時に、額から掌が離れた。

寂しくて名残惜しくて高松を見つめると、柔らかく微笑まれる。優しげに細められた二重の目を間近で見て、じんと胸が熱くなった。

鶴見、と包み込むように優しく呼ばれる。

「僕は合唱部を辞める」

「えっ！　なんでや！」

英芽は勢いよく尋ねた。

高松は困ったように眉を寄せて笑う。

「僕が合唱部に入ったせいで、鶴見にも合唱部にも迷惑がかかっているだろう。北澤が君に矢鱈と突っかかってくるのも、元はと言えば、僕が野球部を拒絶して合唱部に入ったからだ」

「そうかもしれんけど、どの倶楽部に入ろうが君の自由や。野球部の部長さんは君の気持ちを尊重してくれはったし、僕も北澤のことは気にしてへん。高等小学校の頃から、ああいう輩はおった。蛮カラに喧嘩売られるんは慣れとう。きっと石寺も藤野も瓜生も戸田も気にしてへん。君が辞めることない！」

焦るあまりかなり早口になってしまった。今ほど自分の言葉が上滑りしていると感じたことはない。

案の定、高松は表情を変えなかった。

「しかし迷惑をかけているのは事実だ。今日だって片岡さんと小野坂さんが、わざわざ教員室に来て頭を下げてくださっただろう」

高松は落ち着いた口調で言う。

一年弐組が乱闘騒ぎを起こしたと聞きつけた片岡と小野坂が、教員室まで様子を見に来てくれたのだ。合唱部顧問の臼井から、騒ぎの元が英芽と高松と北澤にあるらしいと聞いた二人は、頭を下げてくれたという。食堂へ行ったときも待っていてくれて、声をかけてくれた。二人とも怒っている様子はなく、あきれたような顔で苦笑した。

反省は充分してるやろうから、細かいことは言わん。一ヶ月後、講堂で待ってるからな。

「けど片岡さん、講堂で待っとうて言うてくれはったやろ」

「そうだが、君がいれば僕はいなくてもいいと思うんだ。新入生も僕以外に四人入ったし、もう合唱部が廃部になる心配もなくなった。僕が辞めても問題ない」

「そやから迷惑やないて言うとうやろ！　合唱、楽しいて言うとったやないか」

「ああ、楽しい。しかし鶴見を危険な目に遭わせてまで続けようとは思わない」

「危険なことなんかない！　危険な目に遭うたとしても僕は平気や！」

思わず否定すると、高松は真面目な顔になった。

「今日は掠り傷で済んだが、もし指を怪我していたらどうする。ピアノが弾けなくなってしまうぞ」

「それはそうだが、しかし」

「君が良くても、僕は君が、君の好きなことをできなくなるのは嫌だ」

静かに、しかしきっぱりと言われて、英芽は言葉につまった。

心配してくれるのは嬉しい。護ろうとしてくれるのも嬉しい。英芽のことを第一に考えてくれている証だ。

けど、全然嬉しいない！

高松が合唱部を辞めてしまったら、もう一緒に稽古できない。声を合わせて歌えない。

高松はそれでもいいのだろうか？

ええから辞めるて言うてるんや。

――やっぱり全然嬉しいない！

矛盾する気持ちをどう言い表せばいいかわからなかった。怒りのような寂しさのような、悲しみのような熱い感情の塊が湧き上がってきて、唐突に目の奥が鋭く痛む。

唇を引き結んだ英芽はすっくと立ち上がった。

「鶴見？」

心配そうに呼ばれたが、返事をしなかった。口を開いたら、意味のない言葉を喚いてしまいそうだったのだ。

向かい側の自分の寝台に突進し、布団の中に潜り込む。

「鶴見」

「うるさい！」

頭から布団をかぶって怒鳴ると、鶴見、と宥めるように優しく呼ばれた。

「明日、片岡さんに退部の話をするから」

英芽はやはり何も答えなかった。一言でも声を発すれば、泣いてしまいそうだった。

――ああ、僕は高松が好きなんや。

友としてではなく、恋い慕う相手として好いている。

中学のとき、早熟な同級生から上の学校に入ると念友と呼ばれる同性の恋人を作る者もいると聞いた。下駄箱に差出人不明の恋文が入れられていたことがあった。内容から、どうやら同じ学校に通う者からの手紙だとわかった。念友にしろ恋文にしろ、どちらにも嫌悪は感じなかったものの、どこか他人事（ひとごと）のように捉えていた。

しかし高松に対する想（おも）いは、きりきりと胸を締めつけてくる。とても他人事だなんて突き放して考えられない。

こんなに想っているのに、高松は英芽と離れると言う。離れても平気なのだ。

恋を自覚した途端に、失恋してしもた。

堪（こら）えきれずにとうとう涙があふれる。英芽は布団の中で声を殺して泣いた。

翌日の放課後、高松は本当に退部届を片岡に提出した。もっとも、片岡はただ、預かると言ったそうだ。

昨日の今日で結論を急ぐな。どうせ一ヶ月は倶楽部活動には出られんのや。その間に、もういっぺんよう考えろ。

片岡のその言葉を教えてくれたのは、高松ではなく、その場に居合わせた石寺と藤野である。

「あの乱闘から五日経ったけど、ちょっとは高松と話したんか？」

太い眉を寄せて心配そうに尋ねてきたのは藤野だ。

返事をせずに黙り込んでいると、かわりに戸田が答える。

「話していない」

「なんで戸田が知ってるんや」

「教室でもほとんど話さないからな。食事のときも別々に座っているのは藤野も知っているだろう。今だって高松は部屋にいるのに、鶴見はこうして外にいる。鶴見が高松だけじゃなくて他の者ともあまり話さない上に、高松と鶴見がぎくしゃくしているのを皆察知しているものだから、弐組は火が消えたように静かだ」

「ああ、弐組の奴がそんなようなことを言うてたな。北澤はどうしてるんや」

「北澤も他の蛮カラもおとなしい。これ以上騒ぎを起こすと、親に連絡がいくからだろう」

「なるほど。蛮カラを気取ってても所詮は学生。学費を出してくれる親の顔色は見るわけか」

藤野はもっともらしく頷いた。

場所は部室棟の裏に植えてある大きな桜の木の陰だ。青々とした葉の色は翳り、赤茶色に染まりつつある。それらの葉の隙間から午後の日差しが差し込んできて眩しい。

日曜とあって棟には大勢の学生が出入りしているが、裏手まで来る者はほとんどいない。おかげで三人で輪になってのんびり話ができる。

高松が合唱部を辞めると言ってから、同じ部屋にいてもほとんど口をきいていない。腸が煮えくり返るほど腹が立ったかと思えば、泣きたくなるほど悲しくなる。そんなことのくり返しで、とてもまともに話せなかった。

高松はといえば、物言いたげにこちらを見つめてくるものの、退部を撤回するとは言わなかった。君と話せなくて寂しいとも言わなかった。

高松は僕と一緒にいる時間が減っても平気なんや。しゃべらんでも気にならんのや。

そのことにまた腹が立って苛々した。

それ以上に、改めて失恋したと実感して悲嘆に沈んだ。

「まあとにかく、これを持ってきたから食え」

藤野は携えていた風呂敷包みを開けた。たちまちふわりと甘い香りが漂う。

そこにあったのは、鶴見麵麭製造所と印刷された紙に包まれたあんパンだった。

おお、あんパンか、と戸田が嬉しそうな声をあげる。

「うちのあんパン……」

「そうや、鶴見麺麭製造所のあんパンや。今日は講堂で四年生向けの特別講義があったから、合唱部の全体稽古は休みやったやろ。午前中に石寺と一緒に大阪駅まで行って買うてきた。僕らの奢りや」

ん、と藤野はあんパンを差し出してきた。

ありがとうと素直に礼を言ってあんパンを受け取る。きっと元気づけようとして買ってきてくれたのだ。以前、高松も一緒にあんパンを買いに行こうと話したことを思い出して胸が痛む。

戸田はいただきますと律儀に合掌して、上品にパンを齧った。

「うん、旨い。僕が横浜で食べたのよりパンも餡も甘めだが、それがまたいい。香りもよく立っている」

「……ありがとう。父に伝えとく」

ぼそぼそと礼を言った英芽は、自分もあんパンを頬張った。旨い。よくおやつで食べていた懐かしい味だ。

なんだか泣きたくなってきて、ひたすらあんパンを食べていると、藤野と戸田が話し出した。

「藤野は食べないのか？」

「僕は駅で五つ食べたからな」

「食べすぎじゃないか？」

「ほんまはもっと食べたかったけど、五つで我慢したんや。石寺も二つ食べてたぞ」

「そういえば石寺はどうしたんだ」

「高松のところへあんパンを差し入れに行ってる」

答えた藤野は、無言であんパンを頬張っている英芽を見た。

「高松は合唱部に迷惑をかけたないから辞めるて言うてたけど、ほんまの理由は鶴見を蛮カラから護りたいんやと僕は思う。退部を思い止まらせることができるんは君だけやぞ、鶴見。それやのに急に無口になってしもて、得意の弁舌はどないしたんや」

「……僕の弁舌は、ただの屁理屈や」

あんパンを咀嚼しながらつぶやくと、藤野は戸田と顔を見合わせる。

「相手を納得させられるのなら、屁理屈だろうが戯言だろうがかまわないんじゃないか？」

「おお、戸田、なかなか強かやな。朝妻といい君といい、東の奴は皆そんな具合なんか」

「東でも人それぞれだ。現に高松はあれだけ体格が良くて腕っ節も強いのに、強かには感じないだろう？　だいたい藤野、君は西の男だが、蛮カラを気取っていても所詮は学生だなんてなかなか辛辣じゃないか」

「辛辣か？　事実やろう。僕が蛮カラにいまいち共感しきれんのは、そういうとこやからな。荒々しい男らしさを追求するんはええけど、自力のみで生きてるような振る舞いは説得力に欠ける。まあ、僕のこの考えも屁理屈かもしれんが」

苦笑した藤野に、戸田は瞬きをした。

「君もおもしろい男だな、藤野」

「そうか？」

ああと頷いた戸田は、改めて英芽に向き直った。

「何でもいいから、とにかく高松と話せ。僕から見ても、高松は君には心を開いているように感じた。腹を割って話せば、きっと考えを変えてくれると思うぞ」

「高松はわからんけど、僕はいっつも腹を割ってる」

「本当か？」

戸田に静かに問われて、英芽は顔を上げた。

戸田だけでなく藤野もじっとこちらを見つめている。

「本当に、腹を割って話したか？」

もう一度聞かれた。

――話していない。

せやかて、僕の気持ちは打ち明けてへん。

今まで楽しいと思ったことがないと高松は言った。自由にしていいと言ってくれた兄たちに感謝していると話した。次席の万年筆を三席の者に譲ることの意味をわかっていなかった。

変な奴やと思った。優しいところや穏やかなところにも惹かれたが、それ以上に、変なところが気になった。

ただ変という一言で片づけないで、もっと高松の気持ちを聞けばよかったと思う。

そしたら、高松を引き止める言葉を思いついたかもしれん。高松も、もっと僕と一緒にいたいて思たかもしれん。

とにかく、今のようにぎくしゃくしたまま同室で過ごすのは無理がある。学生生活はまだ始まったばかりなのだ。たとえ想いを告げることはできなくても、自分が話すばかりでなく高松の話をもっと聞きたい。

「わかった。ちゃんと腹を割って話す」

意を決して言うと、うむ、と戸田は頷き、よし、と藤野は拳を握る。

かなり心配をかけていたとわかる仕種に、英芽は頭を下げた。

「二人とも、ありがとう」

すると、左右から肩を叩かれた。

「同じ合唱部の仲間やから、当然や」

「気にするな」

部屋へ戻ると、どこへ行ったのか、高松はいなかった。石寺と瓜生の姿もない。

少なからず緊張していた英芽は、体から一気に力が抜けるのを感じた。大きなため息と共に寝台に腰を下ろす。夕食まではまだ二時間ほどある。その間に話そうと思っていたのに、いないのではどうしようもない。

目の前にある高松の寝台は、当然のことながら空だった。早くも夕暮れの気配を漂わせた秋の陽光が、静かに横たわっているだけだ。

しかし英芽と向き合ってそこに座り、優しい眼差しを向けてくる高松を容易に想像できた。

胸が強く痛んだかと思うと、自然と唇から歌があふれる。

「Leise flehen meine Lieder
Durch die Nacht zu Dir;
In den stillen Hain hernieder,
Liebchen,komm'zu mir!」

――僕の歌が優しく請い願う。

――夜のしじま、君に。

――どうか静かな木立へ降りてきてくれないか。

――恋しい人よ、僕の元へおいで！

今日まで幾度も歌ってきた歌だ。歌詞の意味も理解しているつもりでいた。

しかし旋律に込められた狂おしいまでの愛も、歌詞が訴えかける熱く燃える恋心も、本当にはわかっていなかった。

初めて知った恋の切なさと苦しさ、そしてたった一人を求める愛しさを込めて歌う。

「Laß auch Dir das Herz bewegen,
Liebchen,höre mich!
Bebend harr' ich Dir entgegen!
Komm',beglücke mich!」

――君も心を寄せて
――愛しい人よ　耳をすませておくれ！
――僕は震えながら君を待っている！
――ここへおいで、そして僕を喜ばせてくれ！

歌い終えると、ひく、と喉が震えた。

全部、僕の気持ちそのままや。

視界がじわりと滲んで、慌てて手の甲で目許を擦る。

僕はほんまに高松を慕てるんやな……。

改めて自覚して、またしても視界がぼやけたそのとき、ふいに扉が強く叩かれた。驚いて顔を上げると同時に、扉が開く。

顔を覗（のぞ）かせたのは今一番会いたい高松ではなく、野球部の二年生、福永（ふくなが）だった。部屋を見まわした後、じろ、と英芽をにらむ。

「高松はおらんのやな。ちょうどよかった。ちぃと話があるから来い」

「僕には話はありません」

負けじとにらみ返すと、福永は眉をつり上げた。

「ほんまやったら貴様みたいな軟弱な奴に話はないんや。高松のことで、貴様に聞きたいことがある」

「そしたらここで聞いたらええでしょう」

「なんや、高松が傍（そば）におらんと怖いんか。偉そうなことを言うてるが、一人では何もでけんのやな」

馬鹿にした物言いに、英芽はムッとした。が、頭の中は案外冷静だった。

この部屋で話をすれば、高松が戻ってきたとき、また巻き込んでしまうかもしれない。

英芽は勢いよく立ち上がった。

「わかりました。行きます」

福永に連れて行かれたのは、つい先ほど藤野と戸田と共にあんパンを食べた部室棟の裏手だった。相変わらず人気はない。ただ、校舎の陰になったために日差しが届かず、空気がひんやりと冷たかった。

少し気持ちを前向きにしてもらった場所に、機嫌を急降下させてくる男と来るなんて、余計に苛々する。

「話て何ですか」

英芽はぶっきらぼうに尋ねた。

全く怯えていない英芽に戸惑ったのか、福永は渋い顔をする。が、すぐに気を取り直したらしく、咳払いをした。

「貴様、高松を合唱部に引き留めようとするんはやめろ」

「引き留めてませんけど」

「嘘をつくな！　そしたらなんで高松は野球部に入らんのや！」

怒鳴られたが、やはり怖くなかった。もともと蛮カラを恐れるような軟弱な精神はしていないが、ただ粗野なだけの蛮カラに対する藤野の考えを聞いたばかりのせいか、むしろ滑稽に見える。

「知りません」

ため息まじりに答えると、福永は眉をつり上げた。

「知らんわけないやろう！　貴様がもう一回合唱部に入り直すように頼んでるからやろが！」

「頼んでません。高松が合唱部を辞めてから、まともに口をきいてへんのやから」

我知らずふてくされた物言いになってしまった。もう一度考え直してくれと素直に懇願できたら、どんなにいいか。

「そしたらなんで高松は野球部に入らんのや！」

「二回目」

「は？　どういう意味や」

「同じことを二回言うてます。同じことを聞かれたら、僕も同じ答えをくり返すしかない。僕は高松を引き留めてへんし、合唱部に入り直すように頼んだ覚えもない。そやから高松が野球部に入らへん理由はわかりません。高松本人に聞かはったらどうですか」

苛立ちに任せて一息に言うと、福永は顔を真っ赤にした。

「もう聞いた！　しかし野球部には入らんの一点張りやったんや！」

「そしたら答えはわかってるやないですか。高松が野球部に入りたないて思とうから入らんのです」

「そやからなんでや！　合唱を辞めたんやったら、野球をやったってええやろう！」

「僕は知りません。高松は理由を言わんかったんですか？」

「言わんかった。ただやりたいとは思わんて、そう言うただけや。高松は東京(とうきょう)だけやのうて、この大阪にまで名前が知れた選手やぞ！　懸命に稽古しても、そこまでの選手になれん者がほとんどや。それやのに、ただやりたないからやらんておかしいやないか！」

激高する福永を前にして、英芽は別のことを考えていた。

高松、この人に野球が楽しいと思えんとは言わんかったんやな……。

福永は恐らく、懸命に稽古しても高松ほどには上達しないのだろう。だからこそ高松が野球を辞めてしまうのが許せなくて、しつこく勧誘しているのではないか。もしかしたら、北澤も同じような悩みを抱えているのかもしれない。

それを察した高松は、恐らく英芽の言葉を思い出したのだ。

君は単純に必要ないから譲るだけで、三席の者を馬鹿にしとるわけやないいんはわかる。しかし三席の者が真剣に勉学に取り組んどったら、虚仮にされたように感じるはずや。君のことをとんでもない傲慢な奴やと思うかもしれん。

決して虚仮にしているわけではない。傲慢でもない。だから本音を口にしなかった。

僕が言うたことを心に留めてくれたんや。

じわりと胸が熱くなる。

「鶴見、高松を合唱部に引き留めてるわけやないんやったら、野球部へ入るように言え」

「え、なんで僕がそんなこと言わんとあかんのですか。嫌です」

「引き留めてへんのやったら言えるやろが！」

「それとこれとは話が別や。僕は高松の自由を尊重します。高松がやりたないて言うてることを、無理にやれとは言えません」

きっぱり言い切ると、貴様！　と福永は大声を出した。

刹那、鶴見！　と呼ぶ高松の声が聞こえてくる。わずかに遅れて、福永！　と呼ぶ野球部の部長である谷原の声も聞こえる。

振り返ると、高松と谷原がこちらへ走ってくるところだった。

英芽の衿をつかんでいた福永は、谷原の姿を見てあからさまに狼狽えた。シャツから手が離れる。

「おい、何をやっとるんや！　高松と鶴見には手ぇを出すなて言うたやろが！」

怒鳴った谷原が、英芽から引き放すように福永の肩をつかむ。

高松はといえば、素早く福永と英芽の間に体を入れた。たちまち視界が白いシャツに包まれた広い背中で占められる。

「そやかて主将、高松ほどの選手が、野球を辞めてしまうて……！」

「それは高松の自由やて話したやろう。野球は誰かに強制されてやるもんやない。心から野球をやりたいて思う者がやるんや。高松に野球をやれて言うことは、貴様に合唱をやれて言うてるんと同じことやぞ。そんなんで歌て楽しいか？　嬉しいか」

谷原の諭す口調に、うう、と福永がうめき声に似た嗚咽を漏らした。谷原はため息を落とす。

「とにかく、もう高松と鶴見に野球のことであれこれ言うんはやめろ。これは部長命令や」

はい、と福永は小さな声で、しかしちゃんと返事をした。

英芽を庇っている広い背中から、わずかに力が抜ける。

その背中の向こう側から、ひょいと谷原が顔を出した。

「悪かったな、鶴見。福永を許してやってくれんか。もう二度とこういうことがないように、わしがよう言い聞かせるさかい」

「あ、はい。別に暴力を振るわれたわけやないし、平気です」

後輩のために謝れるなんて、やっぱり谷原さんは凄い人や。

尊敬の眼差しを向けると、谷原は笑みを浮かべた。

「噂通り肝が据わってるな。ほんまやったら君を野球部に誘いたいくらいや」

思いもかけない言葉に、え、と声をあげる。

谷原は高松の顔を見て、ハハ、と笑った。

「冗談や。高松、世話かけたな。知らせてくれて助かった。福永、行くぞ」

福永を促した谷原は、それ以上は何も言わずに去っていった。

谷原さん、なんで笑たんやろ。高松、変な顔してるんかな。

それ以前に、なぜ英芽と谷原がここにいるとわかったのか。

疑問に思って広い背中を見つめていると、高松が勢いよく振り返った。そのまま強い力で引き寄せられ、有無を言わさず抱きしめられる。

「た、高松？」

「……僕の知らないところで、危ないことはしないでくれ」

「や、別に、危ないことなんかなかったし……」

「それは結果論だろう。下手をしたら怪我をしていたかもしれないんだぞ。心配した」

「すまん……」

背中にまわった逞しい腕や、ぴたりと重なった引き締まった硬い胸、その胸の奥にある心臓が脈打つ音。それらを直接感じて全身が熱くなった。

高松の気持ちが伝わってくる……。

言葉よりも雄弁な体の熱と高鳴る胸の音が、あふれんばかりの想いを訴えかけてくる。

思わず身じろぎすると、ますます強く抱きしめられた。痛いくらいだが、欠片も離れようとは思わない。

「鶴見」

「うん？」

「やっぱり僕は、君と一緒に歌いたい」

「うん」

「僕が必ず君を護るから、傍にいさせてくれ」

その言葉に、ふと不安になった。

そういや高松は変わった奴やった。もしかしたら、ほんまにただ僕と歌いたいだけかもしれん。

「……別に、君に護ってもらわんでもええけど。僕の傍にいたいんは、歌いたいからだけか？」

違うと言ってほしい。

切なる願いを込めて尋ねた声は震えた。思い切って大きな背中に腕をまわす。

湧き上がってきた愛しさのままにぎゅうと抱きつくと、高松は息を呑んだ。やがて大きく息を吸って吐く。

「君の歌が聴きたい」

「ん」

「君ともっと話したい」

「うん」

「君に触れたい」

「……うん」

僕が自分から何かをしたいと言ったことはほぼないから。

そんな男が幼い子供のように、次から次へと要求を口にするのがたまらない。

「君が好きだ」

耳に注がれた切実な告白が胸に甘い火を点けた。たちまち燃え上がった炎が体内を駆け巡り、身震いする。

間違いない、高松は僕に恋をしとる……！

恋した相手に恋われる喜びに、英芽は自然と涙が滲むのを感じた。

世の中に、これほど純度が高く、眩しい歓喜が存在するなんて知らなかった。

「……僕も。僕も、君が好きや」

吐息まじりに告げると、高松は英芽を胸に閉じ込めようとするかのように、深く抱きしめ直した。

——ああ、僕の恋は叶った！


部屋へ戻る間、高松は無言だった。

どうして部室棟の裏にいるとわかったのか尋ねてみたが、部屋で話すよと言ったきり黙ってしまった。外では話しにくいのかと思って話題を変え、あんパン食べたか？　と尋ねると、うんと頷いた。旨かったと答えたきり、やはり口を噤んだ。

話したいて言うたくせに何やねん。

この五日間、まともに話していなかったことが、自分で思っていた以上に寂しかったのだと思い知る。

後ろ手で部屋の扉を閉め、これでようやく話せると高松の方を向くと、再び強く抱きしめられた。予想していなかったので、わ！　と声をあげてしまう。

「た、高松？」

「北澤が、君と福永さんが部室棟の方へ行くのを見たんだ。それで僕に知らせてくれた」

抱きしめたまま話す高松に、え、と英芽は声をあげた。上体を離そうとするが、強い力で引き寄せられる。

英芽は仕方なく、くっついたまま尋ねた。

「北澤がか？」

「ああ」

「またなんで……」

「さあ。理由はわからないが、谷原さんに諭されて思うところがあったみたいだ」

「谷原さんか。福永さんのことも諭してくれはったし、凄いな、あの人。谷原さんみたいな人を蛮カラて言うんや。尊敬する」

「嫌だ」

「ん？　何が嫌や」

「僕の前で他の男を褒めてほしくない」

想像もしていなかった言葉に、英芽は思わず噴き出した。一度箍が外れたせいか、随分と素直に要求を口にする。

「なぜ笑うんだ」

いや、と短く応じた英芽は、そうっと高松の背中に腕をまわした。

応えるように、高松の大きな手が後頭部を撫でてくる。

「さっき、君のシュテントヒェンを聴いた。ここで歌っていただろう」

「ああ、うん。どこで聴いとったんや」

「この部屋の下だ。君が戻ってきても、どう接していいかわからなくて外に出ていた」

「そうか。どうやった、僕の歌は。さぞかし胸が震えたやろう」

「ああ。震えた。前に講堂で聴いたときも美しくて感動したが、それ以上にもっと、苦しいくらいに美しかった」

熱い吐息と共に語られた感想が、密着した体を通じて直接伝わってくる。

もしかして高松は、話すのと抱きしめるのと両方を同時にしたくて早く部屋に戻ろうとしたのだろうか。そう考えると、愛しさで胸の奥が甘く痺れる。

それにしても、人の体温てこんなに気持ちよかったんやな。——いや、高松の体温やから気持ちええんや。

我知らず腕に力を込めると、首筋に唇を押しつけられた。柔らかな感触に、びく、と体が大袈裟に跳ねる。

「くすぐったい」

高松は何も答えずに唇を動かした。首筋を辿って耳を食む。

「高松」

身を捩ると、鶴見、と甘い吐息まじりに呼ばれた。耳に息がかかって、また体が跳ねる。

「もう少しだけ」

「何が、もう少しや」

「もう少しだけ、触らせてくれ」

熱っぽく囁いた高松は、英芽の耳を食みながらシャツを引っ張り出す。熱い掌が、それより更に熱い背中に触れてくる。

「ちょ、高松、君、急にいろいろ、やりたなりすぎやろ」

嫌ではないが——そう、驚いたことに全く嫌悪感はなかった——、まさかそこまでされるとは思っていなかったので焦って言うと、高松の動きが止まった。

「……だめだろうか」

「え？　いや、だめやないけど……」

「そうか」

嬉しそうに応じると、英芽のシャツの中に入ったままの手が再び動き出した。あ、と我知らず声が漏れる。

その拍子に、上半身がわずかに離れた。かと思うと唇を塞がれる。ちゅ、と微かな音をたてて離れたそれに、英芽は瞬きをした。接吻するのは初めてだ。

抱きしめられるんも、抱きしめるんも初めてやけど。

改めて実感して、カアッと顔が熱くなった。耳や首筋まで熱い。

慌ててうつむこうとしたところをすくい上げるように口づけられる。驚いて、あ、と声をあげると、そのまま深く唇が重なった。濡れた感触が入ってきて、んん、とまた声を漏らしてしまう。

焦点が合わないくらい間近で見つめられ、表情はわからないのに視線に込められた熱ははっきりと伝わってきた。いたたまれなくて目を閉じる。

それが先へ進んでいい合図だと思ったらしく、やや遠慮がちに探るようだった舌の動きが大胆になった。

「んっ、んう」

口の中を思う様撫でまわされ、喉の奥から甘えるような声が出てしまう。初めての接吻なのに、否、初めての接吻だからか、ひどく興奮して息苦しくてがくがくと膝が震えてきた。立っていられず崩れ落ちそうになる体を、高松がしっかり支える。

あかん、凄い、なんかわからんけど、気持ちええ。

「ん、ふ、は、はぁ」

ようやく口づけが解かれた途端、濡れた吐息があふれ出た。唇を噛みしめようとするが、ようやくまともに息ができるようになった状態では口を閉じることは難しい。

どうしよう、高松に聞かれてる、恥ずかしい。

快感と羞恥にまみれて肩で息をしていると、ふいに腰を抱え上げられた。驚いている間に、高松の寝台に下ろされる。そのままそっと押し倒された。

――あ、高松の匂い。

下半身に覚えのある疼きが生まれて、あ、と思わず声が漏れる。

「鶴見」

熱っぽく呼ばれたかと思うと、シャツのボタンを上から外された。

焦って高松の手をつかむ。

「ちょ、待て」

「嫌か?」

「や、やないけど」

そうか、とまたしても嬉しそうに言った高松が、更にボタンを外しにかかる。

開いたシャツの隙間から濃い桃色の乳首が覗いた。高松の視線がそこに釘付けになるのがわかる。

「愛らしいな……。それに、美しい」

いっそ感心したようにつぶやかれ、英芽は咄嗟にシャツの前をかき合わせた。風呂場で何度も見られているはずなのに、無性に恥ずかしい。

ああ、と高松が残念そうな声をあげる。

「なぜ隠すんだ」

「ぼ、僕ばっかりは嫌や。君も、脱げ」

「ん、わかった」

もっともだと思ったのか、高松はあっさり体を起こした。そして驚くほど素早くボタンを外し、シャツを脱ぎ捨てる。

こちらも風呂場で見ているはずなのに、逞しい胸と引き締まった腹に目を奪われた。風呂には時間制限があるため、自分の体を急いで洗うのに精一杯で、他人の体をまじまじと見つめたことはなかった。

あ、そうか。高松も僕の体をちゃんと見るんは初めてなんや。

だからあんなに見たのか。

改めて羞恥を覚えて目を伏せると、高松の脇腹に打撲の痕がうっすらと残っていることに気付く。

僕を庇ったときについた痕や。

手を伸ばしてそこに触れると、びく、と高松は全身を震わせた。

「すまん、痛かったか？」

「いや、もう全然痛くない」

答えた高松は、さも嬉しそうに笑う。

「なんや」

「心配してくれて嬉しい。怖がらずに触ってくれたのも嬉しい」

「なんで僕が、君を怖がるんや。君は僕を好いてくれとるのに」

不思議に思って首を傾げると、高松は蕩けるような甘い笑みを浮かべた。かと思うと再び口づけてくる。

「ん、んっ、ぅん」

最初から舌を入れられ、甘えるような声が漏れた。濃厚な口づけに夢中になっている間に、ズボンのボタンを外される。

思わず身じろぐと、くつろげられた場所に高松の手が忍び込んできた。そこにある既に高ぶりつつあるものを、やや乱暴に握られる。

「んあ、あふ、あ、んん」

英芽が漏らす甘い嬌声を食べようとするかのように、幾度も幾度も深く口づけられる。

「鶴見……、鶴見、可愛い」

「高松、たかま、あ、んう」

もともと性欲が強いわけではない。自らを慰めるときも、なかなか出せなくて疲労困憊することもあった。尽瘁に入学してからは一度もしていないが、特に溜まっているとは思わなかった。

それなのに、高松に愛撫された性器はあっという間に高ぶってしまう。可愛い、可愛い、と熱っぽい囁きを何度も耳に注がれ、余計に感じてしまった。

「あぁ、も、あかん、んっ、んん」

無意識のうちに腰を揺らすと、口内を激しく貪られた。同時に、強く促される。

「んーっ……！」

かつてないほど強烈な快感が直撃して、全身が甘く痺れた。その痺れを逃しきれず、我知らず舌を差し出して高松のそれとからめる。すると舌を激しく吸われた。

「っ、ん、んう」

とても自分が発しているとは思えない、艶めいた声が喉の奥から漏れる。

自分の体がこれほど熱くなるなんて、そしてこんなに気持ちよくなれるなんて、知らなかった。

英芽は鏡を見て蝶ネクタイの位置を整えた。

鏡に映っているのは、スラリとした細身の美貌の男だ。白いシャツに黒い蝶ネクタイ、黒い三つ揃いが、我ながらよく似合っている。

憧れの桜音楽堂は、楽屋も素晴らしかった。畳の部屋をあてがわれたが、ゆったりとした造りで、ちゃんと大きな姿見が備え付けられていた。

今日は尽瘁商業専門学校合唱部の発表会の日である。ただし、この楽屋にいるのは一年生のみだ。四年生たちは今、舞台で歌っている。

鶴見、と呼ばれて振り返ると、仕度を終えた高松が立っていた。長身と厚みのある体つきに洋装が映えて目を引く。

我知らず見惚れていると、蝶ネクタイを直された。

「直したとこやけど、歪んでたか？」

「いや。ただ僕が最後の仕上げをしたかっただけだ」

高松は嬉しそうに答える。

胸の奥がくすぐったくなった。恋仲になって半年あまりが経ったが、高松は少しも変わらず英芽を慈しむ。むしろ日に日に甘くなっていっている気がする。

「よし、そしたら今度は僕が君の仕上げをしてやろう」

英芽は拳一つ分くらい背の高い男の衿元を整えてやった。高松は目を細めて見下ろしてくる。

四月も半ばとなり、部室棟の裏の桜は満開になった。今日まで各々で、パート別で、合唱部全員で、本当によく稽古した。

そして待ちに待った発表会当日、朝からよく晴れた。級友や地元の友人、親類縁者だけでなく、尽瘁の卒業生や近隣の中学生や女学生の他、西洋音楽好きの洒落者など、客席は満杯だ。

英芽の家も、母方の祖父母と両親、姉夫婦、弟と勢揃いである。弟が来たのは正直意外だった。どうやら西洋音楽ではなく、桜音楽堂の建物そのものに興味があるらしいと母に聞いた。

「弐組は海老根と児玉も来ると言っていた」

「そうか！　壱組は朝妻と細川が来るらしい」

背後から戸田と藤野が話している声が聞こえてきて、英芽はハッとした。この楽屋には彼らだけでなく、緊張のあまりガチガチになっている石寺と瓜生もいる。隙があると高松と二人きりの世界に入ってしまうのを反省しなくてはいけない。

難しい顔を作って高松を見上げると、全く反省していない甘い笑みが返ってきた。

僕に関しては、だいぶ我儘になった。

触りたい、接吻したい、と律儀に告げてから触ったり口づけたりしてくる。接吻も触れ合いも痺れるほど気持ちがいい。高松の熱心な愛撫は、英芽の体をとろとろに蕩けた水飴のようにしてしまう。ただ、あまりに頻繁に求められたときは、嫌やとはっきり断った。すると、しょんぼりして引っ込むのがおもしろい。

　薄ぼんやりした、どこかつかみどころのない男だったのが、随分と可愛らしい男になった。人間味が増したせいか、あるいは人の噂も七十五日という諺は本当だったのか、高松に関する口さがない噂をする者は完全にいなくなった。

　もっとも、朝妻が噂を笑い飛ばしたことも一因だったかもしれない。——僕も養子だ。しかも父とは一滴の血の繋がりもない。朝妻の父親は華族でも上位の侯爵家の血筋だと知れ渡った上での発言だったので皆ざわついたが、血の繋がりのない養子もいないことはない。それに朝妻の背景ではなく、朝妻自身が尊敬を集めていたせいだろう、噂にもならなかった。

　ちなみに朝妻は、かなり早いうちから高松が英芽を想っていることに気付いていたようだ。英芽が廊下で演説をぶった後、高松は朝妻に、そんなに威嚇しなくても誰も猪は獲らん、と言われたらしい。

　何度も言うが僕は猪やない！　君、威嚇しとったんか。

　気になった二つを一時に口にすると、高松は一瞬目を丸くしたものの、ああと何でもないことのように頷いた。君を傷つけようとする奴は僕が追い払う。

「よし、男前になった」

広い肩を軽く叩いてやると、高松は嬉しそうに微笑む。

「鶴見も麗しいぞ。目が醒めるようだ」

「知っとう。わかりきったことを言うな」

照れもあってつんと横を向くと、鶴見、と優しい声で呼ばれた。

「君のおかげで、僕は楽しいと思えることに出会えた。君には本当に感謝している」

「なんや、改まって」

真面目な口調に、高松に視線を戻す。

柔らかく整った面立ちには、真摯な表情が浮かんでいた。

「君が歌に一所懸命なところや、合唱部の存続のためにまっすぐ、ひたむきに動く姿にも感動した。僕もいつか心動かされる何かに出会えたら、君のようにまっすぐ、ひたむきに進みたいと思う」

頰が熱くなるのを感じつつ、そうか、と英芽は頷いた。

ただ大好きな歌が歌いたい一心で行動していただけだが、高松の心に響いたのなら、こんなに嬉しいことはない。

――けど、僕は高松が言うほどまっすぐやない。

音楽に対する未練は、まだ燻ぶっている。合唱部の皆で声を合わせて歌ったことで、ほんのわずかだった燻ぶりに小さな火が灯った気がする。

このまま歌手になる夢をあきらめるのか。

本当に、それでいいのか？

「鶴見？　どうかしたか？」

黙り込んでしまった英芽を、高松が気遣うように呼ぶ。

「ん、ああ、いや、何でもない。さあ、そろそろ時間や」

すっかり馴染んだ石寺、藤野、瓜生、戸田にも、行こう、と声をかける。おう、と頷いた彼らと共に楽屋を出た。

やっと憧れの桜音楽堂で歌えるんや。今はとにかく、合唱に集中しよう。

舞台へと続く狭い廊下を歩いていくと、四年生の重厚な歌声が微かに響いてきた。今日の伴奏は、ピアノの心得がある中学校の教員に頼んだ。何度か稽古にも来てくれたので不安はない。

「き、緊張するなあ……」

心細げにつぶやいた瓜生の背中を叩く。

「大丈夫や。瓜生、めっさ稽古しとったやないか」

「うん……」

石寺は無言だ。しかし細かく震えている上に、顔色が悪い。

「石寺もあんだけ先輩に稽古つけてもろたんや、大丈夫やて」

石寺はやはり無言で頷く。

藤野と戸田も若干硬くなっているようだ。

稽古は熱心にやった。四年生たちにも、披露してもいい水準に達したと認めてもらえた。が、人前で歌うのも学校の講堂以外で歌うのも初めてなのだ。

僕もちょっとは緊張しとるけど、楽しみと期待の方が大きい。

なにしろ、シューベルトの『セレナーデ』を初めて聴いた桜音楽堂で歌うのだ。子供の頃から抱き続けてきた夢が、もう少しで叶う。

とうとう舞台袖にやってきた。舞台に立つ四年生たちの歌声に耳を傾ける。堂々と歌い上げる姿は、下手な蛮カラよりもずっと凜々(りり)しい。

彼らには本当に世話になった。特に片岡と小野坂(おのさか)には迷惑をかけた。やはり合唱部を辞めたくないので退部届を破棄してほしいと頼みに行った高松に、片岡は首を竦(すく)めて言った。わざわざ頼まんでも、とうに破ってしもた。

歌が終わった。たちまち大きな拍手が湧き起こる。さすが桜音楽堂だ、拍手の音もよく響く。

「たくさんの拍手、ありがとうございます！　では、次は新しく我が合唱部に入った一年生と共に歌います」

前に進み出た片岡の言葉に、また拍手が湧いた。

英芽だけでなく、高松、石寺、瓜生、藤野、戸田も深呼吸する。

拍手が収まるのを待って、片岡がこちらを見た。

「一年生諸君、入りたまえ！」

五人と素早く視線を合わせ、英芽は舞台へと足を踏み出した。わあ！　という歓声と共に、割れんばかりの拍手が起こる。

本番前に練習した通りに、まずは六人揃って客席に頭を下げた。そして各々のパートの位置へと移動する。かつ、かつ、という靴音と早鐘を打つ心臓の音が重なり合って、なんとも言えない緊張を生む。

改めてみっしりと埋まった客席を見渡した英芽は、小さく震えた。

何度も来たことがあるが、舞台から客席を見るのは初めてだ。客の顔が案外はっきりと判別できるのは、舞台が広いせいか、あるいは高い位置にある飾り窓から春の明るい陽光が差し込んでいるせいか。

前の方の席に両親と弟、姉夫婦、そして祖父母が並んでいる。英芽の視線に気付いたのか、母と祖母が小さく手を振った。

ああ、僕は今、ほんまに桜音楽堂の舞台に立ってるんや……！

嬉しさと気恥ずかしさを遥かに上まわる高揚感に、くらりと視界がまわる。

ふらつきそうになったところを、脇から差し伸べられた手が背中を支えてくれた。

ハッとして振り仰いだ先にあったのは、高松の端整な面立ちに浮かんだ優しい笑みだ。

大丈夫か、と目顔で問われて頷く。包み込むような眼差しと、背中にあてがわれたままの大きな掌の温もりが、行き過ぎた高ぶりを和らげてくれるのがわかった。思わずほっと息をつく。

夢に見た舞台に立っているだけでも嬉しくてたまらないのに、隣には誰よりも頼りになる愛しい男がいる。しかも今から、その男と声を合わせて歌うのだ。これほどの幸福があるだろうか。

改めて高松と目を合わせ、もう一度頷いてみせる。大丈夫や、と声を出さずに口を動かすと、高松はにっこり笑った。英芽も微笑み返す。

それを待っていたかのように、片岡の声が響いた。

「皆さんご存じの、シューマンの流浪の民を歌います。どうぞ、お聴きください」

片岡が元の位置に戻ると、ピアノの前奏が始まった。

その音をよく聴きながら、大きく息を吸って歌い出す。

皆と合わせた澄んだ歌声が、音楽堂に響き渡った。英芽の声も高松の声も一体となっている。

天上から降り注ぐような歌声に、英芽の胸は熱く震えた。

# 卒業生諸君！

トランクに着替えを詰め終えた高松拾は、ふうと短く息を吐いた。

開け放っていた窓から入ってきた風はひんやりしている。窓辺に寄ると、洋風の広い庭の片隅に植えられた桜が目についた。枝が臙脂色に染まって見えるのは、蕾が綻びかけているからだろう。晴れ渡った青い空との対比が美しい。

大阪では、もう咲いているだろうか。

二週間に亘る春の休暇は、今日を含めて残り三日。明日には大阪の祖父の家を訪ね、その翌日に尽瘁商業専門学校の峻坂寮へ戻る予定である。

東京の屋敷ですごした五日間は、至極穏やかだった。かつて学んでいた武術の道場へ顔を出したり、中学の同窓生に誘われて野球を見に行ったりしたが、それ以外はずっと屋敷にいた。父と兄たちは仕事で留守がちだったものの、母と弟とはゆっくり話ができた。

いつも通りの、充実した休暇だったと思う。しかし。

早く鶴見に会いたい。

脳裏に浮かぶのは、恋しい人の強い意志を秘めた瞳だ。

あれほど眩いものを、高松は他に見たことがない。

恋人である鶴見英芽は、神戸へ帰省した。高松は東京の実家へ帰る前に大阪の祖父の元で数日すごしたので、その間に一日だけ会いに行った。鶴見の両親と弟は、大いに歓迎してくれた。鶴見と想いを通じ合わせてから三年、長期の休みの度に訪ねているので、すっかり顔馴染みだ。

三年、か……。

いつまでもここにいたいと思うほど、尽痒商業専門学校は居心地が良い。しかし来年には卒業だ。今のように朝も昼も夜も、ずっと傍にはいられない。

——いや。傍にいられるようにするんだ。

将来はまだ漠然としているが、鶴見と離れることだけは微塵も考えられない。我知らず唇を引き結んだそのとき、コンコンコン、と扉が軽やかに叩かれた。

はい、と返事をすると扉が開く。

顔を覗かせたのは、父譲りのがっちりとした体に洋装を纏った男——長兄の聡だった。

「拾、父さんが呼んでいる。話があるそうだ」

「わかりました。今行きます」

父は昨日まで横浜で商談に応じていた。東京のこの屋敷に帰ってきたときは既に夜だったので、挨拶くらいしかしていない。

部屋を出ると、兄が肩を並べてきた。

「僕も同席するからな」

はいと応じた高松は、父が何の話をするつもりなのか察した。

聡兄さんも一緒ということは、きっと父さんの会社の話だろう。

父は貿易会社を起ち上げた後、鉄鋼業や紡績業にも進出し、一大商社を築き上げた。長兄と次兄は父の商社で働いている。六つ年上の長兄は将来、社長として事業を引き継ぐ立場だ。

もしかして、経営がうまくいっていないんだろうか。

今は諒闇不景気の只中にある。もともと景気が下降していたところへ、昨年の夏に明治天皇が崩御されてから、更に景気が悪化した。

尽瘁商業専門学校の学生の中にも、学費が払えなくなった者がいると聞いた。学校の創設者である母方の祖父、貝瀬孫次郎の計らいで学費は免除されたという。返す必要はない。卒業した後、日本のためになる仕事をしてくれたらそれでいい、と言ったそうだ。特待生制度を調えた祖父らしい行いだ。祖父は優れた実業家であると同時に、優れた教育者でもある。

この屋敷で働く使用人の数は減っていない。暮らしぶりも、以前と変わらないように見えた。だから父の会社は大丈夫だと思っていたのだが。

洋風の意匠をこらした贅沢な階段を下りつつ、ちらと長兄を見遣る。

「あの、聡兄さん。父さんの会社、そんなにまずいんですか」

うん？　と首を傾げた長兄は、しかしすぐ、ハハ！　と快活に笑った。

「大丈夫だ。右肩上がりとはいかないが、堅調に利益を出している」

「それならよかった。では、僕に話というのは……」

「悪い話じゃないから安心しろ」

肩を叩かれたところで、ちょうど父の書斎の前に着いた。

兄が重厚な扉に声をかける。

「父さん、聡です。拾を呼んできました」

「入れ」

扉を開けると、父は長椅子に腰かけていた。室内は装飾から調度品に至るまで全て舶来品だが、父は恰幅（かっぷく）の良い体に紬（つむぎ）の着物を纏っている。

「おお、拾！　まあ座れ！」

父は白い歯を見せて豪快に笑うと、高松に向かって手招きをした。

失礼します、と応じて父の正面に腰を下ろす。兄は高松の隣に座った。

聡兄さんは僕の味方でいてくれるんだな。

長兄は幼い頃から、己を主張しない高松をさりげなく庇（かば）い、励ましてくれた。

僕が庶子だから優しくしてくれるのかもしれない、と思ったこともあったが、今は違うと断言できる。庶子だろうが嫡子だろうが関係ない。高松が弟だから気にかけてくれるのだ。

一方の父は、いつも通り大きな声で話し始めた。

「拾、いよいよ尽瘁を卒業だな。おめでとう！」

「卒業は来年です。おめでとうはさすがに早いと思いますが」

「一年なんてあっという間だ！　卒業したら、おまえにはひとまず横浜へ行ってもらう。横浜にはうちの番頭の村井がいるから、三年は村井の元で貿易について勉強しなさい。村井は知っているな？　正月に挨拶に来た耳が大きい男だ。英語はできるから問題ないな」

堂々とした押し出しそのままに太い声でまくしたてる父に、高松はどうにか口を挟んだ。

「ちょっと待ってください。さっきから何の話をしておられるんです」

「おまえの卒業後の話に決まっているだろう。聡と隆も最初の三年は修業に出たんだ、おまえも三年はわしから離れて学ばねばならん」

隆というのは、四つ年上の次兄の名前である。

僕が父さんの会社に入るって、父さんの中では既に決定しているのか……。

しかし今まで一度もそれらしい話はされたことはない。高松を「思いがけない拾い物」という意味で拾と名付けた父は、豪快で愛嬌があり、決して悪い人ではない。とはいえ変わり者で、思い込みが激しいところがあって困る。

父さん、と長兄が落ち着いた声で呼んだ。

「拾には拾のやりたいことがあるかもしれません。高松には既に、僕と隆が入っている。拾にやりたいことがあるのなら、その道に進むべきだと思います」

「なんだ、拾、やりたいことがあるのか？　あるのなら言ってみなさい」

父に促され、高松は言葉につまった。今のところやりたいことはない。

決めていることは、ただひとつ。これから先もずっと鶴見の傍にいること。

長男である鶴見は、一年のときから神戸にある麺麭製造所を継ぐと言っていた。

「僕は、神戸か大阪で働きたいと思っています」

「おお、西の水が合ったのか。それなら三年横浜で働いた後、神戸か大阪の支社を任せよう」

「待ってください。高松で働くとは一言も……」

「向こうでやりたいことがあるのか？　ああ、大阪の舅殿の下で働きたいのか」

「いえ、そういうわけでは……」

高松は再び口ごもった。

大阪を拠点としている母方の祖父の下で働けば、確かに阪神にいられるだろう。

しかし、大阪の祖父とも卒業後の話をしたことはない。

これから一年かけて決めればいいと思っていたが、考えが甘かったようだ。

「それならうちで働くのに問題はなかろう。聡と隆とおまえと、いずれは譲も、わしの自慢の息子たちが会社を支えてくれるのなら、こんなに心強いことはない！」

東京の私立大学へ通っている弟の将来まで既に決めている父を、父さん、とまた長兄が窘めた。幾分か強い口調で語りかける。

「一年後のことを急に尋ねられて、すぐに答えられるわけがないでしょう」

「そうか？　わしが拾の年には、新しい商売のことで頭がいっぱいだったぞ」

「父さんと拾では人となりが違います。拾はじっくり物事を考える。結論を出すには時間が必要です。それに卒業したら徴兵検査があります。僕と隆は籤（くじ）に外れましたが、欧州の情勢を考えると、今の方が当たる確率は高くなっているはずです。その点も考慮しておかなくては」

壮丁（そうてい）徴兵検査に合格したら籤を引き、当たった者だけが入営する。入営期間は三年だ。

――三年は長すぎる。三年も鶴見と離れて暮らすなんて耐えられない。

父は大きなため息を落とした。

「仕方がないな。じゃあ夏の休暇までに考えておきなさい」

はい、と素直に応じると、父はぎょろりとした大きな目で高松を見据えた。

「おまえは何でも人並み以上にできるのに、欲がないというか、野心がないというか、なんだか薄ぼんやりしているな。考えるのは大事だが、考えすぎると機を逸するぞ」

父の言う通りだ。ぐうの音も出ない。

我知らず肩を落とすと、兄に背中を叩かれた。

「僕もおまえと一緒に働けたら嬉しい。弟だからじゃない。おまえが優秀で、信頼の置ける男だからだ。しかし、おまえにはおまえの考えがあるだろう。こっちのことは気にするな」

長兄の物言いが不満だったらしく、父が再び口を開きかけたとき、扉が叩かれた。

「父さん、隆です。入っていいですか」

聞こえてきたのは次兄の声だ。

入れ、と父がぶっきらぼうに応じると、すぐに扉が開いた。

躊躇することなく入ってきたのは、洋装が映える長身の男——次兄の隆である。

「あれ、兄さん。拾もここにいたのか」

「聞いてくれ、隆。今、拾に高松に入るように話をしたんだが、考えると抜かしおった。そのくせ、やりたいことはないと言うんだ。やりたいことがないなら、うちに入ればよかろう」

憤然と言った父に、次兄は小さく笑った。

「何がおかしい」

「すみません。父さんの顔が亡くなった祖父様にそっくりだったもので」

「父上に？　まさか！　わしの顔かたちは父上には似ておらんぞ」

「そうですか？　よく似ていましたよ。祖父様も商売のために全国を飛びまわる父さんを見て、そんな顔をしておられた」

しれっと言ってのけた次兄に、父は苦虫を嚙み潰したような顔をした。長兄は苦笑している。

次兄の言う「祖父様」とは、高松が八つのときに他界した父方の祖父のことだ。かつて幕臣だった父方の祖父は、頑固で気難しい人だった。幼い頃は話すだけでも緊張した。

口に出しては言わなかったが、祖父は商人になった息子を苦々しく思っていた。祖父の後を追うように亡くなった祖母も、息子の仕事ぶりを見守りつつも寂しげな目をしていた。

父は恐らく、武士道を全うしてほしかった祖父母の気持ちを察していた。

もっとも、察したからといって生き方は変えられない。

そもそも明治の世で、武士として生きるのは不可能だった。

「拾は真面目だから、考えると言ったからには、ちゃんと考えるでしょう」

次兄はあっさりそう言うと、ちらとこちらを見遣った。この兄は昔から、長兄の聡とはまた別の意味で、高松を容赦なく弟扱いする。

高松は慌てて頷いてみせた。

父さんはともかく、聡兄さんと隆兄さんの力には、なれるものならなりたい。


高松が、己が庶子だと知ったのは九つのときだ。

ある日、屋敷を訪ねてきた遠い親戚が父の陰口を叩いているのを聞いてしまった。

――本妻に立派な男子が二人もいるし、後にまた男子をもうけたというのに、なにも妾に産ませた子を本妻に育てさせることはなかった。傲慢で勝手な男だ。

随分後で知ったことだが、この親戚は父に借金の申し込みにやって来たらしい。しかしけんもほろろに断られたため、腹いせにわざと悪口を言ったのだ。

母と血がつながっていないなんて信じられなかった。冗談か嘘としか思えなかったが、なんだか急に不安になって、恐る恐る母に尋ねた。僕はお母さんの子供じゃないの？　と。

母は微塵も動じず、あなたは私の子供です、と言い切った。

産んだのは確かに私じゃないけれど、それが何だというの。あなたは私の息子です。

お天道様は東から昇り、西へ沈む。それと同じくらい当たり前のことだ、という口調だった。

気付かないうちに心細げな顔をしていたのだろう、母に力いっぱい抱きしめられた。安心するやら照れくさいやら、少し寂しいやらで複雑な気持ちになったことを覚えている。

長兄と次兄は、既に高松が異母兄弟だと知っていた。

おまえがふにゃふにゃの赤ん坊のときから面倒を見てきたんだ、弟に決まっている、とあきれたように言ったのは長兄だ。

次兄はなぜか、おやつは分けてやらんぞ、と警戒心も露わにビスケットを後ろ手に隠した。

弟はといえば、事情は知らないなりに不穏な空気を感じ取ったらしく、どこへ行くにも高松の後をついてまわるようになった。拒むことなくひっつけて行動すること約一月。弟なりに納得したのか、ようやく離れていった。

両親と兄弟はそれまでと何も変わらなかった。使用人たちの態度も変わることはなかった。

変わったのは高松だ。知らず知らずのうちに遠慮する心が芽生えた。母と兄二人が心配そうにしているのはわかっていたが、ふと空虚な心持ちになるのを止められなかった。

高等小学校を卒業した十二歳の夏、産みの母親の墓参りへ行くかと母に尋ねられた。

実母の墓参りをしたいと思ったことはなかった。が、高松を産んでくれた人だからと毎年「妾」の墓へ参っていたという母に申し訳なくて、行くと答えた。母は高松の心中を察したようだ。私がしたかったさかいしただけや、と大阪弁で言ってさっぱり笑った。

墓参り当日、兄二人と弟もついてきた。墓地でかわした会話は、よく覚えていない。

ただ、帰りに買ってもらったソーダ水のことは鮮明に覚えている。

冷たくて美味しかったが、パチパチと弾ける炭酸に刺激された喉がやけに痛かった。半分も飲めないでいると、長兄と次兄が残りを飲んでくれた。

飲めないのなら、口に出して飲めないと言え。残したらもったいないだろう。

長兄はそう言って、高松の頭を小突いた。


帰り際、拾のやりたいようにやりなさいと言ってくれた母はもちろん、二人の兄がいてくれたからこそ今の自分があると、高松は確信している。

僕が入社することが、本当に聡兄さんと隆兄さんの役に立つんだろうか。

――ただ、父の会社で働くことは、僕自身がやりたいことではない。

胸の奥がもやもやとして、高松は眉を寄せた。大阪の祖父が駅によこしてくれた迎えの自動車の中にいるのは、運転手と高松だけだ。憂い顔を見咎められることはない。

　車はいつのまにか、祖父が住む屋敷の広大な敷地内に入っていた。よく手入れされた木々の緑が、窓の向こう側を鮮やかに彩る。大阪は東京に比べて春の訪れが早い。

　西洋の歌を高らかに歌う鶴見が、ふと脳裏に浮かんだ。

　鶴見は、四年生になっても芯のない僕をどう思うだろう。

　好きなものが明確な鶴見から見れば、随分と頼りなく感じるのではないか。

　焦りがじわじわと胸を蝕むのを感じつつ自動車から降り立つと、屋敷の正面の扉が開いた。出てきたのは、満面に笑みを浮かべた祖母と古参の女中頭だ。

「拾さん、お帰りやす。長旅ご苦労さんやったねえ。さ、入りよし入りよし！」

　手招きする祖母に歩み寄り、頭を下げる。

「休暇に入ったばかりのときもお世話になったのに、また来てしまってすみません」

「この子はまた他人行儀なこと言うて！　婆は何べんでも孫の元気な顔が見たいもんや」

　藤色の着物を上品に着こなした祖母はニコニコと笑う。

　母の母である祖母とは、当然ながら血はつながっていない。しかし母の父である祖父と同様、兄弟と同じようにかわいがってくれた。当時、祖父母と共に暮らしていた母の弟夫婦――叔父夫婦も、年の近い従兄弟たちも、何ひとつ変わらなかった。

　僕は、本当に恵まれていた。

「東京の皆は達者やった？」

屋敷の中へ踏み入れつつ祖母が問う。

「はい。皆、つつがなく暮らしています。祖母（ばあ）様にくれぐれもよろしくと言付かりました」

「そう、よかった！　達者が一番や」

祖母の明るい物言いに、胸の辺りが温かくなる。

豪気なところがある母とも、優しいけれど口数が少ない父方の祖母ともまた違って、快活で朗らかなこの祖母が、高松は子供の頃から大好きだった。

「祖父様はご在宅ですか？　ご挨拶したいのですが」

「居間でコーヒーを飲んでおられるわ。ちょうど今し方帰って来はったとこや」

「相変わらずお忙しいですね」

「そうやねえ。けど、忙（せわ）しない忙しない言いながら嫌な顔はしはらへんよって、忙しいのが性に合うてるんやと思うわ」

祖母が重厚な扉を開けると、東京の屋敷より落ち着いた印象の部屋が広がった。日本の家具や絵画も置いてあるからだろう、不思議な異国風情がある。ふわりと漂う珈琲（コーヒー）の香りが快い。

窓の傍に置かれた長椅子に、着物を着た祖父が腰かけていた。手に持っているのは新聞と舶来物の珈琲カップだ。

「祖父様、お邪魔しています。車をよこしてくださってありがとうございました」

「おお、拾。まあ座りなさい。おまえもコーヒー飲むか？」

いただきますと応じ、少し間を空けて祖父の横に腰を下ろす。

その様子を見ていた祖母はにっこり笑った。

「そしたら私が拾さんのコーヒーを淹れてくるわ。くま、手伝うてもらえる？」

「へえ、大奥様。さ、参りましょう」

女中頭と共に部屋を出て行く祖母を見送っていると、祖父が新聞を畳む気配がした。

改めて祖父に向き直る。

「先ほどまで出かけておられたと、祖母様に聞きました」

「ああ。朝から忙しないこっちゃ」

そう言いながらも、皺が刻まれた祖父の目許は緩んでいた。

大地にしっかりと根を張った巨木を思わせる祖父を、我知らず見つめる。

尽瘁で学んでみんか？　と誘ってくれたのは祖父だ。拾たち兄弟は、物心がついた頃から祖父に尽瘁商業専門学校のことを聞かされていた。様々な学生が活躍する話は、たいそうおもしろかった。浮き草のように流されるまま生きていた高松だが、尽瘁には行ってみたいと思った。入学試験を受け、無事合格したときは本当に嬉しかった。そして、鶴見に出会った。

鶴見に会えたのは、大阪の祖父様のおかげだ。

高松の視線に気付いたらしく、祖父は眉を上げた。

「どないした」

「尽瘁で学べてよかったと思って。祖父様が声をかけてくださったおかげです。ありがとうございます」

真摯（しんし）に礼を言うと、祖父はゆっくり瞬きをした。

「おまはんは結局、わしの孫やていうことを公にせんかったな」

「いえ、合唱部の同輩には話しました」

「他の者に広まってへんていうことは、おまはんの友は口が堅いんか」

「それもありますが、僕が貝瀬孫次郎の孫であることは、重要ではないのだと思います」

「ほう。そしたら何が重要なんや」

「合唱を大事にしているかどうか。信頼のおける、誠実な人間かどうか」

自身が貝瀬の孫だと話したとき、鶴見をはじめ、石寺（いしでら）、藤野（ふじの）、戸田（とだ）、瓜生（うりゅう）も驚いていた。しかし高松に媚（こ）びたり、利用しようとしたりする者は一人もいなかった。

「友に恵まれたようやな」

珈琲を一口飲んだ祖父は、ゆっくりと言葉を紡いだ。

「ある日突然、天啓のように為（な）すべきことがわかる者もおれば、わからんまま生涯を終える者もおる。どっちが正しいとか優れてるとかはない。人はそれぞれや。ただ、ひとつだけ全ての人間にあてはまることがある」

内心を見透かされているようで、高松は思わず顎を引いた。

皺が刻まれた祖父の顔は、やはり巨木の太い幹を思わせる。

「時には限りがある。それだけは、肝に銘じとけ」


青く晴れた空の下、高松は尽瘁商業専門学校へと続く一本道を歩いた。

周囲に広がる畑は青々としている。山の裾に咲いている桜の淡い色が遠くに見えた。

まさに春真っ盛りの明るい光景だが、なんとも気が重い。

久しぶりに鶴見に会えるというのに、こんなことは初めてだ。

時には限りがある。

昨日、祖父に言われた言葉が耳に甦(よみがえ)る。

祖父は当たり前のことを言っただけだ。誰に聞いても、その通りだと答えるだろう。

しかし、今の高松には強く響いた。

卒業まで一年。今まで通り流されていたら、あっという間に時がすぎてしまう。

あと一年で、本当にやりたいことが見つかるのか。

鶴見の隣にいて恥ずかしくない男になれるのか。

「高松！」

凛とした透明な声が背後から聞こえて、高松はすぐに振り向いた。

こちらに向かってまっすぐ走ってきたのは、今まさに脳裏に浮かんでいた愛しい人、鶴見だ。

繊細に整った面立ちには、鮮やかな笑みが浮かんでいる。

焦りで縮こまっていた胸が、じんと熱くなった。

ああ、やはり鶴見は美しい。

「久しぶりだな、鶴見。元気だったか」

「ああ。高松も元気そうやな！」

見上げてきた漆黒の瞳は、高松に会えた喜びに輝いている。恋仲になって三年経った今も、こんな風に嬉しそうにしてくれるのがたまらなく愛しい。

「鶴見、鞄と風呂敷包みを貸せ。僕が持とう」

「うん？　平気や、これくらい持てる」

「君はピアノを弾くだろう。指を痛めては大変だ」

ほら、と手を差し出すと、鶴見は面映ゆそうに眉を寄せた。

「今はもう僕以外にも、ピアノを弾ける部員がいとうやろ。僕がピアノを弾けんでも、合唱部の活動に支障はあれへん」

十一人の後輩が入部してくれたおかげで、今や合唱部の部員は十七名だ。鶴見は二年生で部長となり、合唱部を引っ張ってきた。高松は副部長として鶴見を見守ってきた。

「合唱部の活動は関係ない。ただ、僕が君のピアノを聴けなくなるのが嫌なんだ」

本心をそのまま告げ、尚も手を伸ばす。

するると鶴見は白磁を思わせる滑らかな頬を染めつつ、鞄を渡してくれた。

「そっちの包みも」

「この包みの中はあんパンや。たいして重ないから自分で持つ」

「だめだ、それも僕が持つ」

断固として言って、半ば奪うように風呂敷包みも手に取る。

「けっこう重いじゃないか」

「父が石寺のために仰山持たしてくれたんや。あ、もちろん君も含めた同輩皆の分もあるぞ」

合唱部員の石寺の一番の好物は、今も鶴見麵麭製造所のあんパンだ。一昨年の冬の休暇に、石寺は高松と共に鶴見の実家へ招かれた。そしてあんパンをたらふくご馳走になった。極楽に来たみたいでやんす……、としみじみ呟いて、鶴見の父親を大いに喜ばせた。

「しかし高松、君のそういうとこは一年の頃から少しも変わらんな」

「そういうとこ?」

「いつでもどこでも、僕の荷物を持とうとするとこや。人の荷物を持ってそないニコニコするんは君くらいやぞ」

「鶴見の荷物だから持ちたいんだよ。だからこれは僕の我儘だ。そもそも、他の奴の鞄は持ったりしない」

今度も本心を告げると、ふふ、と鶴見は楽しげに笑う。

「そういう物言いも変わらん」

「変わった方がいいか？」

「いや、そのままでええ。僕が君にとって特別な存在やて、すぐにわかるさかいな。君の我儘、僕は好きや」

すまして言った鶴見に、高松は思わず微笑んだ。

己の想いが重い自覚はある。欲しい物もなく、やりたいこともなく、楽しいと感じることもなかった平坦な人生に、初めて現れた欲しいもの。それが鶴見なのだ。

初対面から鶴見は輝いて見えた。濃く長い睫に彩られた、二重のくっきりとした目。細く高い鼻筋。ふっくらとした形の良い桜色の唇。それらが完璧な位置に収まった容貌は、東京で暮らしていた頃にも目にしたことがない、とびきりの美しさだった。世の中にこれほど綺麗な男がいるのかと感心したくらいだ。

しかし改めて振り返ってみると、外見だけに惹かれたわけではなかった。

合唱部に入って西洋の歌を歌いたいという情熱と、軟弱と馬鹿にされようとへこたれない強さが滲み出た、凛とした佇まいにこそ惹きつけられた。そう、鶴見の持つ命の輝きに圧倒されたのだ。

気が付けば、ふらふらと鶴見を追いかけていた。そして講堂で聴かせてもらったピアノと歌声に、またしても衝撃を受けた。本当に美しいものを目の前にすると、人は言葉を失くして立ち尽くすしかなくなるのだと、あのとき初めて知った。

自覚はなかったが、僕は最初から鶴見の虜だった。

片時も目が離せない、離したくないと思うのはそういうことだろう。

ただ、今胸を占めるのは恋情だけではない。卒業後への焦りと不安が居座っている。

肩を並べて歩いていると、後ろから追いついてきた下級生に挨拶された。

「鶴見さん、高松さん、こんにちは！」

合唱部の二年生――、否、この春から三年生になった城山だ。高松と鶴見が一年のとき、寮長だった城山の弟である。

鶴見はにっこり笑みを浮かべた。

「城山、久しぶりやな。三年も頼むぞ！」

はい！　と城山は嬉しそうに返事をする。

城山の眠そうに見える一重の目がキラキラと輝くのを見て、高松は内心でため息を落とした。

城山は、鶴見に憧れているからな……。

一年の頃の鶴見には無鉄砲なところがあったが、学年が上がるにつれて次第に落ち着いてきた。下級生の面倒もよく見る。少年の丸みが抜け、美貌にますます磨きのかかった鶴見に、その調子や、良うなってきたぞ！　とまっすぐ褒められると、大抵の者はのぼせてしまう。

しかも一年生のときに蛮カラと真っ向からやり合ったことが、にらんだだけで蛮カラが逃げ出しただの、野球部員と応援団員は今も鶴見に逆らえないだのと、尾ひれが付いて広まり、半ば伝説化してしまった。実際、蛮カラの権化ともいえる厳つい野球部員や応援団員が、鶴見に対しては一歩引いた姿勢を見せるため、合唱部以外の下級生にも畏怖され、尊敬されている。

そうした所謂「鶴見伝説」のおかげだろう、下級生の間でも蛮カラが幅をきかせることはなく、音楽をはじめとした芸術を馬鹿にする風潮もない。

それ自体は良いことだと思うが、鶴見に恋情を抱く者がいるのは困りものだ。

現に今も、前後を歩いている学生がこちらを窺っている。

僕が傍で見張っていなかったら、たちまち有象無象が集まってくるだろう。

知らず知らず鶴見の方へ寄ると、どないした？　という風に二重の目が見上げてきた。

あどけなさが残る表情に、自然と頬が緩む。

鶴見は稀に見る美しい人だが、僕の前では可愛らしくもある。

「新入生、たくさん入ってくるといいな」

ああ！　と鶴見は大きく頷いた。

「入学式と入寮式の後、勧誘しよう。城山も新入生に知り合いがいたら声をかけてくれ」

「あの、今年は僕の従弟が入学してくるんです。それで休暇の間に合唱部に勧誘しておきました。特に音楽をやっているわけではないんですが、興味を持ったみたいです」

「それはようやった！　僕と高松からも声をかけようやないか」

な！　とまた見上げられて、高松は微笑んだ。

「そうだな。城山、紹介してくれるか？」

「はい、もちろんです！　あいつ、お二人に話しかけられたら緊張で固まってしまうな！」

自分が新入生になったかのように興奮する城山に笑っていると、こんにちは！　とまた別の学生に声をかけられた。今度は二年生だ。鶴見に笑顔でこんにちはと返され、顔を真っ赤にする。

いい加減に見慣れてもいい光景だが、高松は性懲りもなくムッとした。

胸を焦がす嫉妬心を、ため息に載せてそっと吐き出す。

鶴見のことになると、僕は本当に余裕がない。

もっとも、高松はそういう己が嫌いではない。

鶴見と出会わなければ知ることがなかった感情だと思えば、嫉妬心すらも愛おしい。

部屋に戻ってすぐ、鶴見は窓を開け放った。

たちまち爽やかな風が入ってくる。二週間ぶりなのに埃っぽくないのは、寮務係が定期的に空気の入れ替えをしてくれていたからだろう。

寮の部屋そのものは一年のときと変わったが、ルームメイトは鶴見のままである。他の寮生たちも深刻な対立がない限り、同じルームメイトと生活している。

気持ちよさそうに目を細めた鶴見は、高松を振り返った。

「ここへ戻ってくると、実家へ帰ったときとはまた違う意味で帰ってきたて感じがする」

「寮生活も今年で四年目だものな」

鶴見の荷物を彼の足元に置きつつ頷くと、ありがとうと礼を言われた。

しかし形の良い唇は、なぜか不満げにひそめられている。

「どうした？」

「四年目やからていうのも、もちろんある。けど、それより君がいとうから帰ってきたて感じるんや」

拗ねたような声音に、高松は一瞬目を丸くした後、破顔した。

嬉しさと愛しさで胸がじんと熱くなる。

こんなに想ってくれている鶴見を、失望させたくない。

またしても焦りがじりじりとせり上がってくるのを感じつつも、高松は心を込めて囁いた。

「僕も、君がいるところが帰る場所だと思っている」

「ほんまか？」

「本当だ」

　窓辺に歩み寄り、鶴見の手をとる。

　滑らかにピアノを奏でる白い手は、高松の硬い掌の中におとなしく収まった。

「君がそんな風に思ってくれて嬉しい」

「言わんかっただけで、ずっとそう思てたぞ」

「そうか。僕もだ」

　視線を絡ませて微笑み合う。そのまま自然に唇を合わせた。

　柔らかな感触をもっと味わいたいという欲求を抑えつけ、触れただけでそっと離す。

　ごく近い距離で長い睫が瞬いて、胸の奥だけでなく全身が温度を上げた。

　休暇の前に睦み合って以降、一度も触れていないのだ。鶴見の実家へ遊びに行ったときも、彼の両親や弟が一つ屋根の下にいることを考慮して、口づけはしたが深い接吻はしなかった。

　我慢できずに再び唇を寄せると、掌で遮られてしまう。

「まだ明るい。これから部の勧誘の打ち合わせもあるし、夜になるまで待て」

「夜になってからもするが、今もう一回したい」

「あと五時間くらいやろ。我慢せえ」

「鶴見」

甘えるように呼ぶと、鶴見はあきれたようにため息をついた。が、こちらを見上げる瞳には慈しみと情愛が滲んでいる。本心では嫌がってはいない。

「まったく。四年生になったていうのに、しょうがないな、君は」

鶴見の手が躊躇うことなく首筋にまわった。ぐいと引き寄せられ、柔らかく口づけられる。伏せられた睫に見惚れてしまうのは、恋人になった当初と変わらない。

「これでええか？」

「ああ。ありがとう」

正直に言えば物足りないけれど、鶴見から口づけてくれたのは嬉しい。

鶴見は再び、しょうがないなあという風に苦笑した。

その表情を目の当たりにした瞬間、また接吻したくなるのだから本当に仕方がない。

「ご家族は皆さん、ご健勝やったか」

荷物を解きつつ尋ねてきた鶴見に、我知らず体が強張った。

父母と兄弟、そして大阪の祖父母の顔が頭に浮かぶ。

鶴見はもちろんだが、彼らの思いにも応えたい。

「高松？　何かあったのか？」

心配そうに問われ、慌てて首を横に振る。

「いや、何もない。皆元気だったよ」

「そうか、よかった！　君と会えて喜んでおられたやろう」

「久しぶりに母や弟、それから兄たちとゆっくり話せたのはよかった」

シャツを棚にしまいながら言うと、鶴見はこちらを振り返った。

「卒業した後の話はしたか？」

真剣な問いかけに内心で動揺しながらも、高松は鶴見に向き直った。

「ああ。父と兄に、父の会社で働かないかと誘われた」

「お父さんの会社か。うちと違て大きい商社やし、そら君が入ってくれたら心強いわな」

さもありなん、と頷いた鶴見は寝台に腰を下ろす。

向かい側の己の寝台に腰かけ、高松は苦笑いした。

「僕が力になれるかどうかは怪しいところだが、いずれにしても東京には戻らない。大阪か神戸で働くと答えた。鶴見が神戸にいるのに、東京で暮らすなんてありえない」

その点だけは揺らがないのできっぱり言うと、鶴見は驚いたように目を丸くした。滑らかな白い頬が、うっすらと桃色に染まる。

鶴見も僕が傍にいることを望んでいるんだ。嬉しい。

「大阪と神戸に残るてことは、貝瀬さんの事業を手伝うんか？」

「いや、今のところは考えていない。祖父も何も言わないし。鶴見はどうだ。君が神戸へ帰る前提で話をしてしまったが、家業を継ぐ決心は変わらないか？」

やりたい仕事がないと知られるのが怖くて、話の矛先を鶴見に向ける。

鶴見はほんの一瞬、目を泳がせた。が、すぐにまた視線を向けてくる。

「ああ、僕は麵麭製造所を継ぐ。休暇中に父とも話をした」

落ち着いた、静かな口調だった。それが逆に、鶴見の心の迷いを表しているような気がする。

本当に？　と尋ねかけたそのとき、再び鶴見が口を開いた。

「僕と一緒にいたいがために、やりたいことを諦めるんはあかんぞ。君は、君のやりたい仕事をするべきや」

長兄や母と同じことをきっぱり言った鶴見に、わかっているよと優しく応じる。

しかし、僕にはやりたいことがないんだ。

心の内で自嘲したそのとき、扉が叩かれた。

我知らずほっとしながら、はいと応じると、上品な細面の男――戸田と、がっちりとした体格の眉が太い男――藤野が顔を覗かせた。

「久しぶりだな、鶴見、高松」

「新入生の勧誘の打ち合わせに来たぞ！」

鶴見は勢いよく立ち上がり、二人を手招きした。

「おお、入れ入れ！　荷物を片付けたら声をかけようと思てたんや！　あんパンもあるぞ！」

ニコニコと嬉しそうに笑う顔に、先ほど一瞬よぎった迷いは既になかった。

鶴見は恐らく、音楽に未練がある。

合唱部員として活動して三年。鶴見が憧れていた桜音楽堂の舞台には既に三度上がった。また、他校の合唱部や音楽部と親交も深めた。女学校は別として、蛮カラが席巻しているのはどこも同じで、部員が集まらず廃部になってしまうこともままあった。そんな中でなんとか持ちこたえた他校の部と合同で音楽会を開いたこともある。京阪神だけでなく、東京の学校とも交流を持った。東京で催される演奏会にも足を運んだ。

東京行きは東京出身の高松が計画を建てたが、それ以外はどれもこれも鶴見が積極的に動いて実現した。その情熱と行動力に、何度惚れ直したかわからない。

音楽を愛する人たちと語り合ったり、新たな音楽に触れたりする度、鶴見の瞳は眩しいほど輝いた。

もっと歌いたい。できれば一生、歌うてたい。

冗談まじりにではあるが、彼は高松にそう話したことがある。

あれは鶴見の本心だった。

「今年から入寮式の後の交流会の時間に、それぞれの倶楽部の紹介をすることになったんは覚えてるか？　明日は入学式の準備で講堂を使えんから、今日のうちに披露する歌を稽古するぞ。皆にも声をかけてくれ！」

活き活きと話す鶴見を、高松は目を細めて見つめた。

卒業した後、徴兵検査を切り抜けても、その先にはまた別の試練が待ち受けている。鶴見と共に生きていこうとすれば、尚更道は険しいだろう。

いずれにせよ、鶴見には悔いのない道を歩んでほしい。

僕もどんな仕事に就いて、どう生きていくべきなのか、早く考えなくては。

ス、と両手を挙げたのは瓜生だ。
彼の左手が動くと、三年生が縦型ピアノを奏で始める。
繊細で細やかな前奏が終わると同時に、壇上に並んだ部員たちは歌い始めた。
「Am Brunnen vor dem Tore
Da steht ein Lindenbaum
Ich träumt' in seinem Schatten
So manchen süßen Traum」
――街を囲む城壁の門の前に、清い泉がある。
――その泉のほとりに一本の菩提樹が佇んでいる。

——私はその木の下で夢を見た。

——数々の甘く優しい夢を。

遊戯室に重厚で美しい歌声が響く。

ずらりと並んで座っている新入生たちは、一様に息を呑(の)んだ。

ドイツの詩人、ヴィルヘルム・ミュラーの詩に、オーストリアの作曲家、フランツ・ペーター・シューベルトが曲をつけた『Der Lindenbaum』。日本語訳は『菩提樹』。

歌曲集「冬の旅」の第五曲で、恋に破れた若者が村を出て、あてどのない旅路を行く姿が描かれている。

男声合唱用に編曲したのは鶴見だ。また、部活紹介のトリを飾る合唱部が新入生に披露する歌として推したのも鶴見である。出たぞ、鶴見のシューベルト贔屓(びいき)。そんな風にからかった藤野に、鶴見はツンと顎を上げた。

確かに僕はシューベルト贔屓やけど、ちょうど去年の年末の音楽会で披露したとこやろ。皆、歌いやすいかと思て。高等女学校の音楽の先生にも褒められたし。あ、もちろんそれだけやのうて、ほんまに素晴らしい歌やから歌いたいんやけどな！

反対する者はおらず、すんなり『Der Lindenbaum』に決まった。重ねて部員たちで話し合い、日本語ではなくドイツ語の歌詞で歌うことにした。新入生は一般の聴衆ではない。これから尽瘁商業専門学校という名門私立学校で学ぶ、日本の次世代を担う若者たちだ。単純に楽しそういうだけではなく、楽しそうだけれど手強い、手強い方がおもしろいと思ってもらわなくては。

「Ich schnitt in seine Rinde
So manches liebe Wort
Es zog in Freud' und Leide
Zu ihm mich immer fort」

——私は菩提樹の皮に刻み込んだ。
——君に捧げる数多の愛の言葉を。
——心弾むときも、打ちひしがれたときも。
——私はその大木に引き寄せられた。

音楽堂や講堂に比べると、遊戯室は音の響きが悪い。しかし十五人の声が複雑に重なり合い、ひとつの美しい和声となる。

　一年のときは周りと声を合わせるのが苦手だった鶴見も、この三年で他の部員と共にひとつの美しい歌を作り上げている。全員の声がぴたりと合わさるこの瞬間の喜びと興奮は、言葉では言い表せない。

　四年生の部員は入学当初と同じ、鶴見、瓜生、藤野、石寺、戸田、そして高松の六人だ。高松はいまだに拍子をとるのが苦手で、稽古でなんとか克服している。三年経ってもすんなりとはいかないところが楽しい。それに何と言っても、鶴見が付きっきりで教えてくれるのが嬉しい。

鶴見をはじめ、他の同輩も一年の頃より随分と上達した。特に瓜生は耳が良く、一人一人の歌声をちゃんと聞き分けられるため、今日のように指揮を任されることも多い。

その瓜生の滑らかな手の動きに沿って歌が終わった。追いかけるように、ピアノ伴奏もそっと終わりを告げる。

休暇の間、稽古していなかったわりに良い出来だった。

皆でそろって頭を下げると、たちまち万雷の拍手が湧き起こる。

「合唱は女子供がやるもんやと思とったが、大きな間違いやったようや」

「確かに素晴らしかった！　男子の声だからこそ表現できるものがある」

拍手の隙間を縫って聞こえてきたやりとりに、高松は頬を緩めた。左右にいた部員と頷き合う。

合唱の良さを理解できたなら、ぜひ合唱部へ入ってくれ。

部員が増えれば鶴見が喜ぶ。

「それにしても、鶴見さんは実に麗しいな」

「羞花閉月（しゅうかへいげつ）ていうんは、鶴見さんのような人のことを言うんやろう」

「僕はあないに美しい人を見たんは初めてや」

シューベルトの君、傾国の君、合唱部の佳人。鶴見には二つ名がたくさんある。その美貌は近隣の学校のみならず東京でも知られているのだ。尽瘁商業専門学校へ入学する前から鶴見のことを知っている者がいても不思議はない。

僕の鶴見は美しいだろう、と自慢に思う一方で、あまり見るな、鶴見をじっくり見つめていいのは僕だけだ、という独占欲も湧いてくる。

一昨日、久しぶりに体を重ねた。

——あかん、たかまつ、声がっ……。

高級で頑丈な建材を使っているだけあって、寮の壁は分厚い。話し声くらいなら隣室に聞こえることはないが、感じたままにあふれる嬌声は別だ。

——だめ、声、聞こえる、からぁ……。

そう訴える濡(ぬ)れた唇を塞ぎつつ穿(うが)つと、鶴見は淫らに震えて極まった。艶(なま)めかしく蠕動(ぜんどう)する内壁に愛撫(あいぶ)され、高松もまた達した。快楽に蕩(とろ)けきった端整な面立ち、紅(あか)く染まった乳首、濡れそぼった濃い桃色の性器、高松の劣情を内に呑み込んだ真っ白い腹、その腹に散った欲の証(あかし)。全てがあまりに官能的で、まさに目の毒だった。

そうして鶴見の身も心も己のものだと実感し、満たされたはずなのに、まだ足りないと思ってしまう。

卒業後のことが頭にあるからだろうか。

このままやりたいことが定まらなければ、鶴見は僕を厭うかもしれない。

そんな不安と焦りのせいで、常より濃厚な行為になってしまった。

我知らず鶴見を見つめると、彼は前に進み出た。

新入生たちの視線が、そのスラリと伸びた細身の体に注がれる。

「新入生諸君、ご静聴ありがとう！　我々の歌を聴いて、少しでも合唱に興味が湧いたなら、ぜひ稽古を見にきてくれたまえ。歌に自信のない者も歓迎するぞ。心配はいらん、真面目に稽古すれば、必ず歌えるようになる。共に音楽を楽しもう！」

凛とした声に、再び大きな拍手が湧いた。

鶴見に熱を帯びた視線を向けているのは一人や二人ではない。鶴見をよく見ようとしているのだろう、立ち上がって身を乗り出している者もいる。

合唱に本当に興味がある者はともかく、鶴見目当ての奴は絶対に弾こう。

昨年と一昨年に思ったことを、またしても思いつつ、高松は他の部員と共に脇へ退いた。

控えていた朝妻が小さく拍手をしてくれる。

「素晴らしかったぞ。聴き惚れてしまった」

ありがとう、と応じたのは鶴見だ。

「君の囲碁部の演説も、短いのに説得力があってよかった。僕が新入生で音楽に興味がなかったら、囲碁部に入ってたぞ」

最上級ともとれる褒め言葉に、に、と笑った朝妻は、囲碁部の部長を務めている。昨年末には寮長にも選ばれた。

朝妻は成績優秀で弁が立つだけではない。いかなるときも冷静で決断力に優れ、なおかつ公明正大だ。納得の人選だった。

合唱部と入れ替わりに中央へ進み出た朝妻は、新入生を見まわした。

「以上で全ての倶楽部(クラブ)の紹介は終わりだ。各自、よく考えて入部届を出すように。興味がある倶楽部があれば、部員に話を聞きに行くのもいいだろう。皆、真摯に答えてくれるはずだ。では、解散！」

新入生らが肩の力を抜いたのがわかった。次の瞬間、わっとざわめきが広がる。どの倶楽部に入るのか話し合っているようだ。

「鶴見さん、高松さん、あそこに従弟がいるので連れてきていいでしょうか」

城山に声をかけられ、鶴見と共にああと頷く。

パッと顔を輝かせた城山は、早速踵(きびす)を返した。

「僕らの合唱で、西洋音楽に興味を持ってくれたらいいな」

「興味を持ってへんかったら、僕が独唱を聴かせてやろう。きっと入部する気になるはずや」

「独唱はいいが、シューベルトのセレナーデはやめてくれよ。他の歌にしてくれ」

シューベルトの『セレナーデ』は、狂おしい恋の歌である。

鶴見が初めて歌ってくれたのは、初対面のときだ。聞き覚えのある旋律なのに、伸びのある美しい歌声のせいか、初めて耳にした気がした。二度目は、鶴見が寮の部屋で歌っているのを聞いた。一度目に聞いたのとは全く違っていて、胸が捩(よじ)れるように痛んだ。後になって、あれは君を想て歌(うと)たんやと教えられ、感激のあまり暫(しば)し呆然(ぼうぜん)としてしまった。

その思い出深い『セレナーデ』を、鶴見が己以外の誰かに向かって歌うのは耐え難い。

鶴見は軽く目を瞠(みは)った後、苦笑した。

「わかっとう。君はほんまに変わらんな」

鶴見があきれ半分、照れ半分のぶっきらぼうな口調で言ったそのとき、あの！　と横から声をかけられた。

立っていたのは、スラリとした長身に新品の制服を纏った男だ。

切れ長の涼しげな目が印象的な整った面立ちは、心なしか強張っている。

「僕、一年壱(いち)組の近藤(こんどう)毅(つよし)です。合唱部に入部します！」

高松は思わず鶴見と顔を見合わせた。

まさか、こんなに早く入部希望者が見つかるとは。

「そうか、歓迎するぞ！　皆、入部希望の近藤だ」

鶴見の言葉に、おお、と部員たちは声をあげた。自然と拍手が湧く。

歩み寄ってきた藤野が早速声をかけた。

「四年の藤野や。これからよろしくな!」

「僕は石寺。近藤は中学でも合唱をやってたんか?」

新入生だった当時とほとんど変わっていない、びっくりした! という顔で石寺が尋ねる。

いえ、と近藤は首を横に振った。

「中学には、残念ながら合唱部も音楽部もなかったので、ちゃんと合唱をするのは初めてです。でも、ヴァイオリンを習っていました」

おお、とまた合唱部の面々が声をあげる。

ヴァイオリンを習っていたということは、近藤の家は裕福なだけでなく、西洋文化に関心があるのだろう。

「僕が尽瘁に入ったのは、合唱部があるからです。桜音楽堂で毎年歌っておられるし、大阪や神戸でも他校と共に音楽会を開いておられるでしょう。東京の学校の合唱部の発表会にも、あちらに招かれて出ておられますよね。関西の学生の間では、知らぬ者はいない合唱部だ」

近藤は熱を帯びた口調ではきはきと話す。訛(なま)りは全くない。

東京か横浜の出身だなと考えていると、近藤の真剣な視線がまっすぐ鶴見を射抜いた。

初対面で鶴見の美貌に怯(ひる)まない者は珍しい。

「さっきのデア・リンデンバウムに独唱はなかったですが、僕の知る限りでは、ほとんどの歌で鶴見さんが独唱をしておられますよね」

「ああ。しかし僕が独断で決めとうわけやない。毎回全員で試聴して、公正に選考しとる」

「じゃあ、鶴見さんと僕が独唱に立候補して、僕の方が鶴見さんより優れていれば、僕が独唱することも可能なわけですね」

宣戦布告ともとれる物言いに、鶴見はゆっくりと瞬きをした。

高松を含めた四年生は、互いに顔を見合わせる。後輩たちはぎょっとしたように目を剝いていた。ちょうど従弟を連れて戻ってきた城山も目を丸くしている。その従弟はただならぬ空気に身を竦ませていた。

鶴見が一年生だったなら一触即発、喧嘩になっていたかもしれない。

しかし今の彼は最高学年だ。しかも二年生から合唱部の部長を務めてきた。

「君の言う通りや。君の方が相応しいて皆が判断したら、君が独唱を務めることになる」

苛々するでもなく落ち着いた口調で言った鶴見に、近藤はきつく眉を寄せる。

「でも、たとえ僕の方が優れていたとしても、先輩方の中には、新入部員の僕より、部長の鶴見さんの味方をする人がいるかもしれませんよね。僕の方が不利だ」

「そんなくだらないことはしない」

気が付けば、高松は部員の誰よりも先に口を開いていた。

言い返そうとしていた者たちがハッと息を吞む。

鶴見と合唱部員だけではなく、その場に留まっていた新入生にも注目されているのを感じつつ、高松は近藤にひたと視線を据えた。

「合唱部員は皆、合唱を愛している。もちろん鶴見もだ。より良いものにするために日々励んでいる。その大切な合唱に対して不誠実な振る舞いはしない。今の君の言葉は、我々合唱部に対する侮辱だ。謝罪したまえ」

敢(あ)えて感情を乗せずに淡々と言う。

すると近藤は、意外にも素直に頭を下げた。

「失礼なことを言って申し訳ありませんでした。先輩方を侮辱したかったわけではないのです。ただ、心配の種を取り除いておきたかった。鶴見さんにも、無礼な物言いをして申し訳ありませんでした。お許しください」

「わかってくれたんやったらええ。皆も、こうしてきちんと謝っとうし許してやってくれ」

本当に気にしていないらしく明るい声で言った鶴見に、部員たちは渋々頷く。

頷き返した鶴見は、高松をちらと見た。奇跡のように美しい二重の目が、愛しげに細められる。どうやら高松の言葉が嬉しかったようだ。

当たり前のことを言っただけだったが、鶴見が喜んでくれたのなら嬉しい。

「ところで近藤、心配の種とは何だ」

ふいに口を開いたのは、終始落ち着いて様子を見ていた戸田だった。

顔を上げた近藤は、まっすぐに戸田を見つめる。

「身内贔屓が罷り通っていては、真に実力のある者が表に出るのは難しいでしょう」

「真に実力のある者というのは、君自身のことか?」

はい、と近藤は悪びれる様子もなく首を縦に振った。

「僕は今まで懸命に努力を重ねてきました。稽古も人一倍してきた。歌には自信があります。僕が最も独唱に相応しい」

下級生たちの間に再び緊張が走る。

戸田をはじめとする四年生、藤野、石寺、瓜生はあきれ顔だ。

そんな中、ふ、と不敵に笑ったのは鶴見だった。

「ええぞ、近藤。歌に自信がある者の入部は大歓迎や!」


「痩せ我慢しとった!」

扉を閉めるなり、鶴見は吐き出すように言った。

足音を立てて部屋の中央まで大股で歩き、もう一度くり返す。

「痩せ我慢しとった!」

鶴見に続いて部屋に入った高松は、うんと頷いた。

「よく辛抱したな、さすが部長。後輩たちも皆、君の落ち着きっぷりに感心していたぞ」

くるりと振り返った鶴見を迎え入れるように、大きく両腕を広げる。

すると鶴見は無言で抱きついてきた。

細身の体を抱きとめ、宥めるように何度も背中を撫でる。

合唱部の稽古を終え、ひとまず自室に戻ってきた。夕食までは、短いが自由時間だ。

入学式から二週間ほどが経った。桜はすっかり散り、青々とした若葉を繁らせている。

合唱部に入ってきた新入生は、今のところ三人。城山の従弟である比留間、遊戯室で合唱を聴いて感銘を受けたという佐々木、そして近藤だ。

ちなみに最も大勢の新入部員を獲得したのは、今年も野球部だった。一年生のとき、鶴見につっかかっていた北澤は、今や副主将である。野球部員から聞いた話では、努力してもなかなかレギュラーメンバーになれない後輩の面倒をよく見ているらしい。変われば変わるものだ。

もっとも、比留間と佐々木によると、本当はもっと大勢の新入生が合唱部に入部しようとしていたようだ。大半は鶴見に近付くことが目的だったという。

しかし、近藤を諫めた高松の態度が思いの外怖かったこと。そして、いきなり上級生に——それも校内で一番の有名人に喧嘩を売った近藤と同じ倶楽部は面倒だと思ったらしく、一気に数を減らしたという。

怖がらせる意図があったわけではないが、不埒な輩の入部を阻止できたのは良かった。

が、近藤の暴走は止まらなかった。

「独唱はちゃんと選考して決めるて何回も言うてんのに、なんであいつは僕にだけつっかかってくるんや」

高松の腕の中で、鶴見は口を尖らせる。

可愛らしい表情に自然と頬が緩みそうになるのを、高松は慌てて引きしめた。鶴見は真剣に怒っているのだ。まともに取り合ってもらえていないと誤解させるような態度は良くない。

入部届を出した近藤は、早速合唱部の稽古に参加するようになった。もともと透明度の高い声の持ち主であることに加え、ヴァイオリンのレッスンの一環で歌も習っていたそうで、発声も技術も申し分なかった。

だからといって、合唱の経験がない比留間と佐々木を見下したりはしない。己の歌に対する自慢は入るものの、質問されたらきちんと答えるし、請われれば教える。

そのかわり、なぜか矢鱈と鶴見に絡む。同じテノールを歌うことになったせいか、何かと口を出す。

僕の方が声域が広いですね。ここはもっと強弱をつけた方が良いんじゃないですか。呼吸する場所が違いますよ。ここで吸った方が音楽的にずっといい。

そんな風に己の方が優れていて、鶴見は劣っていると声を大にして言い散らすのだ。

鶴見が一年生の頃だったら、間違いなく喧嘩になっていただろう。

しかし鶴見は近藤とぶつからないよう、うまく躱していた。

二年生と三年生の部員の方が、鶴見より余程苛立っている。ただ、鶴見本人が静かなので仕方なく黙っているようだった。

四年生は目に余るときには諫めるものの、基本的には口を挟まない。

高松もいい加減にしろと雷を落としたいが、黙っている。近藤のことは僕に任せてくれと鶴見に言われているからだ。

高松は鶴見の髪を優しく梳いた。

「それでも一度も邪険にしていないだろう。鶴見は偉いな」

「子供扱いすな」

そう言いながらも、鶴見はぷくりと頬を膨らませる。

高松以外には決して見せない幼い表情が、愛しくて可愛い。

「子供扱いなんかしていない。本当に偉いと思っている。僕だったら苛々して、一度くらいは怒鳴ってしまうだろう」

「高松は怒鳴ったりせんやろ。今まで怒鳴ったとこいっぺんも見たことないし。そもそも君が怒ったときは、大きい声を出さんでも充分恐ろしい」

「そうか？　そんなことはないだろう」

「そんなことある。部活紹介の後、近藤に謝れて言うたときも怖かった」

「嫌だったか」

鶴見まで怖がらせていたのなら反省しなくてはいけない。

しかし鶴見は首を横に振った。

「嫌やなかった。めっちゃかっこよかった。さすが僕の高松！　て自慢に思た」

じわ、と胸の奥が熱くなって、高松は考えるより先に鶴見の額に口づけた。続けて眉尻に、頬に、鼻先に接吻する。

次々に降って来る口づけの雨に、鶴見は嬉しそうに笑った。

「高松、こそばい」

「嫌か」

「嫌やないけど、あ、こら、耳はあかん」

「僕の羽二重餅は、いつも甘くて柔らかいな」

「もう、何言うてんねん。阿呆やな、君は」

すっかり機嫌が直ったらしい鶴見は、高松の肩を軽く叩いた。

やがて、ふ、と息を吐く。

「それにしてもほんま、近藤は何を考えてるんやろ。独唱がしたいんはわかるんや。まだ荒削りなとこもあるけど歌は巧いし、稽古も熱心にやってる。僕につっかかってる時間を稽古にまわした方が、よっぽど選考で有利になる思うんやけど」

「近藤が巧いというのは認めるんだな」

「ああ。実際巧いやろ。声がわりした影響がちょっと残ってるんか、低音が不安定で揺れるときがあるけど、稽古してくうちに安定するはずや」

あっさり頷いた鶴見に、高松は感心した。

鶴見のこういうとこも好きや。

人となりに難があっても能力は認める。なかなかできることではない。

「いっぺん腹を割って話した方がええんやろうけど、絶対つっかかってきよるから冷静でおる自信がない。落ち着いて話してくれそうな戸田か、聞き上手な瓜生に頼んでみよかな」

「僕が話そうか？」

「君はあかん。ちょっとでも僕を悪う言われたらカッとなるやろ」

「否定はしない」

「やっぱり！」

鶴見が悪戯(いたずら)っぽく笑ったそのとき、扉が叩かれた。

ほら、離れろ、と柔らかく胸を押される。

大いに名残り惜しさを感じつつ、高松は鶴見の体を離した。

不満が声に出ないように気を付けて、はい、と返事をする。

「臼井(うすい)や。休んでるとこすまん。今ちょっとええか」

扉の向こうにいるのは合唱部の顧問の臼井らしい。

どうぞ、と応じると扉が開いた。立派な口髭をたくわえた臼井はにっこりと笑う。

「さっき、東京の挺進法律高等学校の合唱部から、僕宛てと鶴見宛てに手紙が届いてな。今年の夏に、合同で音楽会を開かへんか誘いがきた」

「えっ、ほんまですか！」

鶴見の顔が眩しいほど輝いた。

挺進法律高等学校は、東京にある名門私立学校である。去年、合唱部全員で東京で行われた音楽会を見に行ったとき、舞台に立っていたのが挺進の合唱部だ。もともとハイカラな校風だからか、部員が集まらない多くの合唱部とは違い、四十数名というなかなかの大所帯だった。

大人数の重厚な歌声に甚く感激した鶴見は、全く面識がなかったにもかかわらず、楽屋へ押しかけた。そして、あれよあれよという間に挺進の部長と意気投合した。それ以降、大阪の音楽会に招いたり、東京で開かれた有名な外国の歌手の音楽会の切符をとってもらったりもしている。

当時の部長は卒業してしまったが、縁は今も続いている。

「会場は楠木音楽堂を押さえてあるらしいぞ」

「楠木音楽堂て、去年できたばっかりの音楽堂ですよね！　いつか行ってみたい思てたんです。それが舞台に立てるやなんて！」

臼井から封筒を受け取った鶴見は早速封を開けた。手紙を取り出し、さっと目を通す。ただでさえ明るく光っていた瞳が、更に輝きを増した。

「高松、君も読んでくれ！」

鶴見から受け取った手紙を読む。差出人は今の部長だ。

開催は今年の夏の休暇中。一般の客を入れる他、日本ではまだ数少ないプロフェッショナルの演奏家や歌手、東京にある音楽学校の関係者も招待するらしい。なかなか本格的な音楽会になりそうだ。

「臼井先生、東京へ遠征してもよろしいでしょうか」

「もちろんええぞ。校長先生の許可もすぐ下りるやろう。私から挺進の顧問の先生に返事を書くが、君もあちらの部長宛てに礼状を書いてくれたまえ。後で一緒に郵便に出しておく」

「はい、ありがとうございます！　よろしくお願いします！」

邪魔したな、と笑顔を見せて臼井が部屋を出ていく。

扉が閉まると同時に、鶴見がぎゅっと両手を握ってきた。そのまま手を揺すられる。

「楠木音楽堂やて！　凄(すご)いな！」

「ああ。鶴見、落成したときから行きたいって言っていたものな。よかったな」

「ん！　めっちゃ楽しみや！　早速何を歌うか決めんと。やっぱりシューベルトか、や、でも、一般のお客さんが入らはるんやったら、日本語で歌う日本の歌の方がええかもしれん。皆で話し合う必要があるな。あ、その前に返事書かんと。あと、課外活動の申請もせんと。や、その前に皆に知らせんとあかんな。きっと喜ぶぞ」

高松の手を離した鶴見は、今度はうろうろと歩きまわる。

喜びのあまり、何から始めていいかわからなくなっているようだ。

頬を薔薇色に染め、忙しなく行ったり来たりする様は、なんとも微笑ましくて愛らしい。

同時に、これほどまでに心を寄せるものがある鶴見が少し羨ましくなった。

合唱は楽しいが、鶴見のように己の全てを囚われてはいない。

「落ち着け、鶴見。もうすぐ夕食の時間だ。食堂で一緒になる四年生には先に話すとして、二年と三年には食事が終わった後、それぞれの部屋を訪ねて話そう」

ゆっくりとした口調で言うと、鶴見はようやく足を止めた。大きく深呼吸をしてから高松に向き直る。見上げてくる視線には、甘い熱だけでなく揺るぎない信頼が滲んでいた。

「わかった、そうしよう。ありがとう、高松」

「うん？　何がだ。僕は何もしていないぞ」

「何もしてへんなんてことない。僕は音楽のことになると、感情に任せて突っ走ってしまうときがある。いつも君が落ち着いて、きちんと道筋をつけてくれるから安心して動けるんや。ほんまにありがとう」

真摯に礼を言われて胸がつまった。道筋をつけるなどと大層なことをした覚えはない。折々で鶴見のために自分ができることをしているだけだ。

　しかし鶴見が少しでも安心してくれているのなら嬉しい。

「本当に、僕は大したことはしていないよ。さあ、それより食堂へ行って、皆に知らせようじゃないか」

「ああ。石寺は大騒ぎしそうやな！」

「藤野もだろう。戸田は顔には出さないだろうが、内心では騒いでいそうだ」

「瓜生はもしかしたら緊張してしまうかもしれんな。責任感の強い奴やから、負担にならんようにせんと」

　この三年、声と心を合わせて歌ってきた友人たちの反応を予想しながら、高松は鶴見と共に食堂へ向かった。


　翌日の放課後、合唱部員たちは小さな講義室に集まった。

講堂での稽古の前に、挺進（ていしん）法律高等学校との合同音楽会で何を歌うのかを話し合うのだ。

鶴見（つるみ）と共に教壇へ上ると、部員たちが一様にそわそわしているのが見てとれた。

特に二年生と三年生は落ち着かない様子だ。思い思いの場所に腰かけた彼らは、ひっきりなしに話をしている。

「東京で音楽会なんて凄いですね」

「僕は早速、実家に手紙を書いたぞ。当日、見に来てくれたらいいが」

興奮気味に話している者は、嬉しくて仕方がない様子だ。東京の大きな音楽堂で歌う機会などど滅多にない。今回の合同音楽会がいかに貴重かわかっているのだ。

「歌手の人も見に来はるんやろ。緊張するなあ」

「音楽学校の関係者てどういう人やろ。やっぱり先生でしょうか」

こちらは心配そうに眉を寄せている。大きな舞台で歌うことに不安があるのだろう。

「挺進と合同で歌うのがシューマンの流浪の民っていうのは、もう決まっているんですよね」

「ああ。鶴見さんがそう言うてはった。日本語やのうて原語のドイツ語で歌うらしい」

「流浪の民は日本語でばかり歌っていたから、もう一度ドイツ語の歌詞をさらわないといけないな。ところで、我々だけで歌う曲は何がいいと思う？」

「やっぱりシューベルトでしょう！　冬の旅にも、まだ歌たことない歌がありますよね」

「シューマンも捨てがたいな」

早くも選曲について話しているこちらは、随分と楽しそうだ。

高松は鶴見と顔を見合わせて笑みをかわした。

他の四年生はといえば、やはり後輩のやりとりを微笑ましく見守っている。全員落ち着いているように見えるが、昨日は大変だった。

高松と鶴見が予想した通り、石寺と藤野は、楠木音楽堂で歌えるなんて凄い！　と大騒ぎした。瓜生は喜びつつも、どこか不安そうに表情を曇らせた。

意外だったのは戸田の反応だ。おもむろに椅子から立ち上がり、鶴見とがっちり握手をかわした。最後の年に楠木音楽堂に立てるなんて僥倖だ。ありがとう。

戸田の口から出た最後の年という言葉が心の隅にひっかかり、少し息が苦しくなったことは、鶴見には言っていない。

「独唱はやはり鶴見さんで決まりだな」

「それはそうや。きっと挺進も鶴見さんに独唱してほしいやろう」

珍しく先輩たちの話をじっと聞いているだけだった近藤が、ぴくりと肩を揺らした。

何を言い出すのかと、傍にいた佐々木と比留間がハラハラしているのがわかる。

それを見計らったかのように、鶴見が手を打った。

「注目！　話し合いを始める！」

よく通る声に、部員たちはたちまち口を噤んだ。

教卓に両手を突いた鶴見は一同を見渡す。

全ての視線が、吸い寄せられるように鶴見に向かった。

「昨日話した通り、夏の休暇に挺進法律高等学校の合唱部と合同音楽会を開くことになった。

これから、僕ら尽瘁の合唱部が単独で歌う歌を三曲決める。ただし、挺進が歌う曲との兼ね合いがあるから、変更になることもありうる。そこは承知しておいてくれたまえ。高松、板書を頼む。藤野、記録をとってくれるか」

高松は黒板の傍に寄ってチョークを手にとった。藤野は鉛筆を握る。

頷いた鶴見は、再び部員たちに向き直った。

「音楽会まで四ヶ月ほどある。新しい歌を稽古することもできるさかい、レパートリーにない歌でもかまわん。もちろん今まで歌てきた歌でもええ。一年生は今回、挺進と合同で歌う流浪の民も一から稽古せんとあかんから、三曲のうち一曲だけ参加してもらう」

比留間と佐々木は神妙に頷いたものの、近藤は不満げに眉をひそめた。

近藤の表情が見えたはずだが、鶴見は気にした風もなく続ける。

「歌いたい歌がある者は挙手してくれたまえ」

はい！　とほとんどの者の手があがった。下級生でも自由に意見が言えるのは、合唱部に限らず尽瘁商業専門学校のモットーが「自由」だからだ。

「そしたら、城山」

「部活紹介でも歌ったシューベルトのデア・リンデンバウムがいいと思います」

高松は黒板に、Schubert　Der Lindenbaum と書いた。

確かにこの歌は、細やかな感情表現を得意とする尽瘁の合唱部に合っていると思う。

待ちかねたように、はい！　と勢いよく手を挙げたのは近藤だ。

鶴見は気負わずに、近藤、と指名した。

「僕は、シューマンのディヒターリーベがいいと思います」

「詩人の恋か。素晴らしい歌曲集やけど、十六曲全部歌うわけにはいかん。どれか一つ選びたまえ」

Schumann Dichterliebe、と黒板に記す。

鶴見が『詩人の恋』の詳細をすらすらと口にしたからか、近藤は一瞬怯んだ。が、すぐに口を開く。

「そしたら第七曲の、イッヒクォレニヒトで」

「恨みはしない、やな。あれはええ曲や」

鶴見はにっこりと笑った。件の歌を思い出しているからだろう、近藤に対する苛立ちは感じられない。

その純粋な思いが伝わったのか、近藤はそれ以上何も言わず、苦虫を嚙み潰したような顔で黙り込む。

鶴見を馬鹿にするなよ、と高松は心の内で警告した。

鶴見はドイツ人のピアノ教師や他校の音楽の教員とやりとりをして、最新の音楽情報を収集しているのだ。必然的に、鶴見にぴったりくっついている高松も情報通になっている。

シューマンの『詩人の恋』は、恋の喜びと悲しみを歌った曲だ。桜音楽堂で催された音楽会で初めて聴いた。すっかり気に入った鶴見は、かつてピアノを習っていたドイツ人女性に頼んで楽譜を手に入れていた。そして空き時間に、講堂のピアノを弾きながら歌ってくれた。切々とした澄んだ歌声に、夢心地になったことは言うまでもない。ただ、男声合唱用に編曲されていなかったこともあり、合唱部では稽古していない。

その後も、他の部員が次々にメンデルスゾーンやシューマン、ドイツ民謡、フランス民謡をあげた。

「他にはないか？　楠木音楽堂で歌う機会など滅多にない。歌いたい曲があったら、遠慮のう言うてくれ」

鶴見の問いかけに、はい、と手を挙げたのは、ずっと思案顔をしていた石寺だった。

石寺、と鶴見がすかさず指名する。

「わしは、滝廉太郎先生の荒城の月がええと思う。中学生向けの唱歌集に載ってるから、一般のお客さんも知ってはる人が多いやろうし」

「荒城の月か。日本的でありながら、西洋の香りも漂う素晴らしい歌曲やな。土井晩翠先生の七五調の歌詞もええ。僕も好きや」

鶴見が大きく頷くと、石寺はびっくりした！　という顔に嬉しげな笑みを浮かべた。

合唱部に入って初めて西洋音楽に触れた石寺は、物凄い勢いで西洋音楽に傾倒していった。

先輩たちに教えてもらったヨーロッパの歌を熱心に稽古し、鶴見にもシューベルトやシューマンの歌を教わっていた。が、三年になってからは憑き物が落ちたように、小中学校で歌われている唱歌に目を向けるようになった。西洋音楽を知ったことで、日本の歌の良さに気付いたようだ。

他に候補が出なかったので、鶴見は多数決をとった。結果、一番がシューベルトの『菩提樹』、二番がメンデルスゾーンの『歌の翼に』、そして三番が滝廉太郎の『荒城の月』となった。

『歌の翼に』と『荒城の月』は合唱部のレパートリーには入っていない。

つまり、これから稽古しなくてはいけない。

「三曲それぞれ作曲家が分かれたし、日本の歌も入ってるし、ええ陣容やな。挺進のレパートリーにはシューマンが多いから、たぶんかぶらんやろう。一年生には荒城の月に参加してもらうことにしよか」

鶴見の言葉に、え、と声をあげたのは近藤だ。

「ちょっと待ってください。僕はメンデルスゾーンの歌の翼にも歌いたいです」

「しかしそれやと、比留間と佐々木の負担が大きい。二人とも合唱は初めてや。尽瘁での新しい生活に慣れるだけでも大変やのに、流浪の民ともう一曲、ドイツ語の歌を覚えるんは無理がある」

「僕は歌の経験者です。ドイツ語の歌もたくさん歌ってきた。流浪の民ともう一曲覚えるのに造作はありません。僕にも歌の翼にを歌わせてください」

身を乗り出して訴える近藤の顔は真剣そのものである。見栄や意地で言っているわけではなさそうだ。
二、三年生がざわざわした。経験者いうても合唱の経験はないんやろ、無茶や、生意気な奴、と囁く声が聞こえてくる。合唱は声をひとつに合わせる音楽だ。一人で歌えるからといって、合唱が歌えるとは限らない。
鶴見も声を合わせることに苦労した経験があるからか、うーんとうなった。しかしすぐに顔を上げて近藤を見つめる。

「無理やていう決めつけは良うなかったな。悪かった。比留間と佐々木も、すまんかった。君らを侮ったわけやないんや」

近藤は驚いたように目を丸くした。鶴見が謝るとは思っていなかったのかもしれない。

比留間と佐々木は顔を真っ赤にして、いえ、そんな、と両手を勢いよく振った。

他の部員たちは尊敬の眼差しを向けている。

さすが鶴見。

自分が間違っていたと思ったら、たとえ相手が下級生でも謝る。そんな単純明快なことができない人間が、世の中には——もちろんこの尽瘁商業専門学校にも存在する。

「やる気があるんやったら、挑戦してみるんもひとつの手や。比留間、佐々木。君らはどうしたい」

　鶴見は近藤の隣でまだわたわたと手を動かしている比留間に尋ねた。

　比留間は目に見えて固くなりつつも答える。

「僕は、ドイツ語を学び始めたばかりです。合唱も、今までしたことがありません。そんな僕にとって、流浪の民をドイツ語で歌うだけでも、大きな挑戦です。ですから僕は、もう一曲、ドイツ語の歌に挑戦するのは、今はやめておきたいと思います。先ほど鶴見さんが仰ったように、流浪の民と荒城の月の二曲を稽古したいです」

　低く響く声でゆっくりと言った比留間に、わかった、と鶴見は頷いた。

　比留間の発言に勇気を得たのか、佐々木が遠慮がちに話し出す。

「あの、僕も、比留間君と同じです。ドイツ語の歌を二つ覚えるんは、僕にとっては至難の業です。えっと、流浪の民と、荒城の月、この二曲でお願いします」

「そうか。わかった」

「あっ、あの、でも……」

　口ごもった佐々木に、鶴見は続きを促すように軽く首を傾げた。

　佐々木はほっと息をついて口を開く。

「近藤君が、ドイツ語の曲をもうひとつ歌うんは、僕はええと思います」

　佐々木に続いて、比留間も口を開いた。

「同じ一年生でも、歌の経験がある者とない者とでは、やれることが違って当たり前です。近藤君が、初心者の僕と佐々木君に合わせる必要はない」

思いがけない援護だったのか、近藤は瞬きをくり返した。

どうやら比留間と佐々木は、近藤を厄介な奴だと思いながらも嫌ってはいないらしい。一年生の間では、彼らなりの友情が早くも育まれているようだ。

鶴見もそのことに気付いたらしく、小さく笑みを浮かべる。

「比留間と佐々木の考えはわかった。二人には、流浪の民と荒城の月の二曲を歌ってもらう。初めてのことで苦労はあるやろうけど、困ったときは我々上級生が手助けするさかい、がんばってくれたまえ。それから近藤、君には歌の翼ににも参加してもらう。しっかり稽古せえよ。皆、それでええか？」

落ち着いた問いかけに、はい！　異論なし！　と二、三年生がそろって返事をする。

高松をはじめ、四年生たちも頷いた。

近藤は戸惑ったように上級生たちを見まわした後、鶴見に視線を戻した。何か言おうとしたらしく、唇がわずかに動く。が、結局言葉は出てこなかった。かわりにその場で勢いよく立ち上がり、ペコリと頭を下げる。

態度は横柄だし、ときどき言葉がすぎるが、悪い奴ではないのかもしれん。

何より、相手が上級生だろうが、校内の有名人だろうが、歌に関しては一歩も退かない情熱に圧倒される。

僕には、こんな強い意志はない。

悔しいような、苛立たしいような、普段あまり縁がない暗い感情を持て余していると、黙ってやりとりを見守っていた瓜生が、鶴見、と呼んだ。

「独唱はどないするんや」

「ああ、そうやなあ。荒城の月の一番を、独唱にしたらええと思たんやけど」

はい！　と手をあげたのはまたしても近藤だった。

「独唱に立候補します！」

上級生たちの呆（あき）れた視線をものともせず、近藤ははっきりと宣言した。

鶴見の滑らかな頬がひくりと動く。

あ、今相当ムッとしたな。

その感情の揺れがわかったのは、恐らく高松だけだろう。

鶴見は穏やかな笑みを浮かべてみせた。そして間を置かず、凛（りん）とした声で言った。

「僕も、立候補する！」

形の良い桜色の唇が躊躇(ちゅうちょ)なく大きく開かれ、芋の煮っ転がしを頬張(ほおば)った。次に白飯、次に青菜のお浸し、白和え、と食べてから、また煮物を口に入れる。

広い食堂の中でも、鶴見の豪快な食べっぷりは注目を集めていた。繊細な美貌の男ががつかつと飯を食らう姿は、ある意味観賞に値する。

見ていて気持ちがいいのは確かだが、急ぎすぎは体に良くない。

それに、あまり視線を集めてほしくない。

だって鶴見は、僕の鶴見だからな。

鶴見、と呼ぶと、隣に座った鶴見はこちらを見た。

口に入れたばかりの芋で頬がぷくりと膨れているのが、たいそう可愛(かわい)らしい。

「頬張りすぎだ」

「うん？」

「落ち着いて、よく嚙んで食べろ」

ん、と頷いた鶴見は、箸を下ろして茶を飲んだ。

「近藤がめっちゃ気張ってるし、僕も早(は)よう稽古しとうて」

「気持ちはわかるが、喉(のど)に詰まったら大変だろう」

「それはそうや」

再び素直に頷き、鶴見は食事を再開した。今度は先ほどまでよりはゆっくりと、しかしやはりいつもより速く箸を動かす。

そういえば一年のとき、よくこんなやりとりをしていたな。

口いっぱいに頬張る子供っぽい食べ方は、少しずつ見なくなった気がする。そう、二年に進級して合唱部の部長になってからは落ち着いて食べていた。

当時、他の倶楽部の部長は四年生ばかりで、鶴見は唯一の二年生部長だった。もともと勝気な性格だから萎縮することはなかったが、全く気にしていなかったわけではなかったのだろう。鶴見はちゃんと、己の立場に相応しい振る舞いをしていたのだ。

ふいに胸が痛んだ。泣きたくなるほど懐かしいような、それでいて切ないような気持ちになる。改めて鶴見の傍にいたいと強く思った。同時に、浮き草のままの己にひどく苛立つ。

歪みそうになる口許をごまかすため、高松は茶をゆっくりと口に含んだ。

「しかし、近藤があないに熱心に稽古をするとは思わんかったな」

感心したように言ったのは、高松の正面に腰かけた藤野だ。

藤野の隣で食事をとっていた戸田も、ああと頷く。

「少なくとも口だけの男ではない」

「僕が聴いた限りでは、歌も巧いぞ。鶴見から見てどないや」

白米の最後の一口を食べた鶴見は、ん、と応じた。

「僕も巧いと思う。荒削りなとこはあるけど、人を惹きつける声や。近藤は歌の才が優れてるだけやのうて地道に努力もしとう。ただ、気になる点がいくつかある。そこを改めたらもっと良うなるはずや。どうしても気になって指摘したんやけど、聞いてくれんかった」

「えっ、鶴見、近藤に助言してやったんか？」

藤野が太い眉をはね上げる。戸田も軽く目を瞠（みは）った。

鶴見は苦笑を浮かべる。

「助言ていうほど立派なもんやないけどな。どっちみちろくに耳を貸さんかったし。そしたら僕、行くわ。ごちそうさまでした！」

全てをきれいに食べ終えた鶴見は、パン、と両手を合わせた。

食器を片付けようとした鶴見の手の甲を軽く押さえる。

「僕がやっておく」

「え、けど」

「いいから行け。僕も後で行くから」

「ん、ありがとう、悪いな。藤野、戸田、お先に」

まだ食事の途中の藤野と戸田にも手を振り、鶴見は食堂を飛び出していった。

がんばれよ、と藤野が背中に声をかける。

挺進法律高等学校との合同音楽会で歌う曲を決めてから、約十日が経（た）った。

合唱部員全員が審査員となって行う独唱の試験は四日後。結局、独唱に立候補したのは鶴見と近藤だけだったので、二人の争いとなった。

　こちらとはかぶっていないので、その三曲でよろしく頼むと挺進の部長から返信が届いたのは五日前だ。その日から、鶴見は猛然と独唱の稽古を始めた。昼休みはもちろん、部活動がない日の放課後や日曜も講堂へ通いつめた。

　高松も稽古に同行した。僕の稽古に付き合う必要はない、自分がやりたいことをやれと鶴見に言われて、実は少し怯んだ。やりたいことがないのを見抜かれているのではないかと不安になった。

　ともあれ、単純に鶴見と一緒にいたかったので、ずっとひっついていた。そうしてぴったりついている間、鶴見に近付こうとする邪な輩を牽制し続けていたのは言うまでもない。

　近藤もまた、熱心に独唱の稽古をしているようだった。昼休み、放課後、寮での自由時間。どこからともなく哀愁を帯びた『荒城の月』が聞こえてくるのが当たり前になりつつある。

　ピアノが置いてある講堂でかち合うこともしばしばだ。さすがの近藤も、最上級生の鶴見に譲る。しかし鶴見は鶴見で早めに切り上げ、近藤が稽古できるようにする。

　近藤も巧いとは思うけど、鶴見の歌の方がずっと良い。

　鶴見の『荒城の月』は、何度聴いても胸が震える。勝負は十中八九、鶴見の勝ちだろう。

「近藤に助言て、合唱部全体で稽古してるときに下級生を指導するのとはわけが違うやろ。競う相手を助けることになる。鶴見の奴、ようできたな」

「それだけ成長したということだろう。実際、ここまで部長として実によく合唱部を引っ張ってくれた。ただ歌が好きというだけでできることじゃない」

藤野と戸田のやりとりを聞いて、高松は自然と頬を緩めた。鶴見の努力と苦労を、きちんと理解してくれているのが嬉しい。

するとなぜか藤野があきれたような視線を向けてくる。

「戸田は君を褒めたわけやないぞ、高松。なんでそない嬉しそうやねん」

「僕を褒めてくれるより、鶴見を褒めてくれた方が嬉しい」

「あー……、そうやった。君はそういう男やったな」

何度も頷いた藤野は、残り一つとなった芋の煮っ転がしを慎重に箸で抓みつつ尋ねてきた。

「鶴見は卒業したら神戸に帰るんやろうけど、君はどないするんや。東京に戻るんか？」

「いや、こっちで働くつもりだ」

「神戸でか」

「まだそこまでは決めていない」

藤野にしては珍しく、そうか、と短い相づちだけが返ってきた。戸田も無言で首肯する。

藤野と戸田は恐らく、高松が鶴見と恋仲だと気付いている。卒業後の二人のことを気にかけてくれているのだろう。祖父が言った通り、良い友人に恵まれた。

「藤野は卒業した後、どうするんだ」

「僕は大阪で働く。叔父が大阪にある海運会社に勤めてるんや。尽瘁の卒業生も何人か働いてはるとこで、春の休暇で実家に帰ったとき、英語ができる社員がほしいて声をかけてくれた。不景気で経営は厳しいらしいけど、なんとか打開しようて手を打ってはるみたいや。英語は得意やし、海運業にも興味があるさかい、そこへ就職することに決めた。最初から順調やのうて、経営を立て直すのもおもしろそうやしな！」

　想像していたより具体的な話が出てきて、高松は瞬きをした。

　もうそこまで決めているのか……。

　藤野は隣で黙々とお浸しを食べている戸田に視線を移した。

「戸田はどないするんや。横浜へ帰るんか？」

「いや。僕はフランスへ留学する」

「えっ、フランス？　ほんまか」

　頓狂な声を出した藤野と同じく、高松も驚いた。

　戸田も明確に将来を描いているらしい。

「もともと卒業したら、フランス語が活かせる仕事がしたいと思っていたんだ」

「そんでフランス留学か。しかし君、フランス語の読み書きは充分できるやろ。フランス旅行にも行ったことあるて言うとったやないか。留学する必要あるか？」

「フランスへ遊びに行ったことがあるのと、フランスの暮らしを身を以て知っているのとでは、全く違うだろう。フランス人にとっても、フランス人と関わる日本人にとっても、後者の方が信頼できる」

「なるほど。確かにそうやな」

「もっとも、そんな風に思ったのはフランス語の元島(もとじま)先生の話を聞いたのが大きい。先生がフランスに留学しておられた頃の話は、ただフランス語を学ぶのとは違って、実に興味深かった。元島先生と出会っていなければ、留学しようとは思わなかったかもしれない」

戸田の話に、うむ、と藤野は頷く。

「尽瘁には破天荒やったり厳格やったり洒落者(しゃれもの)やったり、様々な先生がおられるが、人品に優れた方ばっかりやからな。ようこれだけの先生を集めてきはったて感心する」

「同感だ。他所(よそ)の学校の話を聞いていると、尊敬できない教員もいるらしいから」

教員を集めているのは、主に祖父だ。自ら声をかけることが多いらしいが、推薦されることもあると聞いた。ただ、推薦状だけで採用はせず、必ず複数人で面接をするという。

学校は友と出会うだけでなく、師と出会う場所でもある。戸田のように、人生を左右するような出会いもあるだろう。祖父はそのことをよくわかっている。

祖父(じい)様はやはり素晴らしい人だ。

しかし戸田も凄い。留学の話を聞いたからといって、皆が皆、フランスで生活してみようとは思わないだろう。

「フランスに留学するとは、戸田らしいな」

思ったことをそのまま口にすると、そうか？　と戸田は不思議そうな顔をした。

「君は状況を冷静に客観視できる。どんな仕事をするにせよ、物事を俯瞰で見るのは大切なことだ。きっと君なら、フランスと日本をうまくつなげられるだろう」

「高松にそう言ってもらえると自信が湧いてくるな」

「僕でなくても、皆そう思っているはずだが」

いやいや、と藤野が首を横に振る。

「高松は鶴見しか見てへんようで、案外他の者もよう見とるからな。そんで必要なときに助言したり励ましたりする。誰にでもできることやない」

「さっき鶴見が成長したと言ったが、高松のおかげでもあると思う。高松が副部長として鶴見を支えたからこそ、鶴見は二年生から部長を務められたんじゃないのか」

「……そうか？」

首を傾げつつもじわりと胸が熱くなった。

いつも君が落ち着いて、きちんと道筋をつけてくれるから安心して動けるんや。

鶴見の言葉が耳に甦る。鶴見本人に感謝されたのは本当に嬉しかった。

藤野や戸田から見ても鶴見を支えられていたのなら、少しは自信を持って良いかもしれない。

「ただ、欧州の情勢を考えると留学できない可能性もある」

物憂げにこぼした戸田に、ああ……、と高松はため息のような相づちを打った。

藤野は太い眉を寄せる。

「そないにまずい状況なんか」

「いつどこで諍いが起こってもおかしくないと、父の知り合いのフランス人が言っていた。フランスはイギリスと協商を締結しているから、イギリスと同盟関係にある日本の敵国になりはしないだろうが、戦争となると国内事情が一変することもありうる。留学制度にも変更があるかもしれない。己の力ではどうにもできないことだから、もどかしいよ」

浮世はままならぬ。

父方の祖父の口癖だ。

幼い頃はただ怖かった祖父だが、今になると、その心情を少しは理解できる。かつて幕臣だった祖父から見ると、明治の世は欺瞞に満ちていたのだろう。

大正の世になった今も、あまり変わらないですよ、祖父様。ままならぬ世の中です。

「まあ、どんなことになっても留学をあきらめたりはしないがな」

「おお、その意気や！　やたら楽観的になるんは危ないけど、そやからいうて必要以上に悲観的になることはない。真っ向から行くんが無理やったら、抜け道を探すんも一つの方法や」

「前にも言ったと思うが、君はけっこう強かだな、藤野」

戸田と藤野のやりとりに、高松は誇らしい気持ちになった。

ままならぬ浮世でも、この二人の友は己の意志を貫く。そうして精一杯生きていく。

高松は大きく息を吐き、戸田をまっすぐに見つめた。

「戸田、君が留学できるように祈っている。僕にできることがあれば、何でも言ってくれ」

「僕も微力ながら力になるぞ」

瞬きをした戸田は、嬉しそうに微笑んだ。

「ありがとう。君たちも、何かあったら声をかけてくれ」

ああと藤野と共に頷く。

戸田は気持ちを切り替えるように息を吐いた。

「楠木音楽堂での音楽会もあることだし、今はとにかく尽瘁での残りの学生生活を楽しまないとな。差し当たっては、鶴見と近藤の独唱合戦を見届けなくては」

「二人とも随分熱心に稽古しとるが、どっちが勝つと思う？」

「僕は鶴見だと思う」

すかさず答えると、藤野と戸田は同時に噴き出した。

「鶴見が勝負する相手が近藤やのうて高名な歌手やったとしても、君にとったら鶴見の歌が至高なんやから、そういう結論にしかならんわな」

「いや、僕も公正に審査するつもりでいるぞ。良いものを悪いとは言わないし、悪いものを良いとも言わない。そんなことをしたら、それこそ鶴見に叱（しか）られる」

一応副部長として言い訳すると、二人はまた笑った。

「鶴見に叱られんでも、高松は理不尽なことをせんて僕らはよう知ってる。けど鶴見への気持ちは抑えきれんやろ」

わざとらしく神妙な顔を作った藤野に、戸田ももっともらしい顔をする。

「数値で表せない芸術の評価は、結局のところ主観だと僕は考えている。一人くらい君のような人がいてもいいいんじゃないか」

「せやな。せめて僕らは客観的な審査を心がけよう。なあ、戸田」

「そうだな。そうしよう」

楽しげに頷き合う二人に、高松も頬を緩めた。

僕はやはり戸田や藤野、それに鶴見のように、己が何かを成し遂げたいとは思わない。

それよりも、誰かの希望の一助になれたらいい。


食器を片付けた高松は、鶴見が稽古をしている講堂へ向かった。

初夏が目の前に迫っているせいか、渡り廊下を吹き抜ける風は乾いていて心地好い。

カラリと晴れた空の下、講堂の周りには十数人の学生が群がっていた。なんとかして中の様子を窺おうとしているらしく、扉に張り付いている者、近くにある木に登って窓を覗き込んでいる者、様々だ。

ムッとしつつ歩みを早めると、風に乗って歌声が聞こえてきた。

物悲しい旋律は『荒城の月』だ。

朗々とした歌声は鶴見の声ではない。近藤の声である。

さてはかち合ってしまったか。

鶴見が困っているかもしれない。早く行かなくては。

軽く咳払いをすると、講堂に群がっていた学生たちが一斉にこちらを向いた。

高松の姿を認めた途端、退けと声をかけたわけでもないのに、蜘蛛の子を散らすように逃げ出した。鶴見に不埒な想いを抱いている輩を牽制し続けてきたせいで、かなり恐れられているようだ。

そういえば去年だったか。高松も下級生の中では有名やぞ、と瓜生に教えられた。用心棒だとか武蔵坊弁慶だとか呼ばれているらしい。次兄が知ったら、ぼんやりのおまえが弁慶とは！と大笑いしそうだ。

そっと扉を開けると、平台ピアノの脇に立つ近藤が歌い終わった。

伴奏していたのは鶴見だ。どうやら二人で稽古をしていたらしい。

珍しい。というか、初めてじゃないか？

我知らず息をひそめていると、近藤が挑戦的に尋ねた。

「どうでしたか?」

「ええと思うぞ。憂いを感じさせる澄んだ声や」

「……本当にそう思っていますか?」

「思てる。発声も息継ぎも文句なしやしな」

高松がいる場所からは、ピアノと向き合っている鶴見の顔は見えない。

しかし、本気で近藤を褒めているのはわかった。隠そうとしても隠しきれない悔しさが、声の端に滲(にじ)んでいる。

一方の近藤は、苦虫を嚙み潰したような顔をした。

「褒めても、僕は引きませんからね」

「引く必要はない。君も僕も全力で歌うからこそ、独唱に更なる価値が生まれる。——ただ」

ぽろろん、とピアノが悲しげに泣いた。

ぽろろん。今度は下へ移調する。

「君の声には、これくらいの高さが合(お)うてると思う」

「僕、鶴見さんより声域は広いですよ。あなたより高い声も出せる」

「それはようわかっとう。高い音が出せるか出せへんかは関係ない。君の歌声に最も艶(つや)が出るんは、この高さのはずや」

ぽろろん、とまたピアノが鳴る。

確信に満ちた鶴見の物言いに、近藤が怯む気配が伝わってきた。

「僕が伴奏するから、騙された思てこの高さで歌うてみたまえ」

近藤の返事を待たず、鶴見は前奏を弾き始めた。

やがて近藤が歌い出す。

「春高楼の花の宴　めぐる盃かげさして
千代の松が枝わけいでし　むかしの光いまいずこ」

凛とした歌声が講堂に響いた。

高松には難しい音楽理論はわからないが、先ほど聞こえた歌よりも響きが良くなったのは伝わってきた。かつての栄華に思いを馳せる歌詞が、より胸に迫る感じもする。

自分でも移調した方が良いと思ったのだろう、歌い終えた近藤は黙り込んだ。

「うん、思た通りや、やっぱりこっちのがええな」

満足げにつぶやいた鶴見は、間を置かずに続けた。

「君が音楽会で歌いたいて候補にあげた、シューマンのイッヒクォレニヒト——恨みはしない、な。君がなんで選んだんかわからんけど、基本バリトン歌手が歌う歌やろ。君の声の魅力が存分に発揮できる歌やと思う。自分でもバリトンの方が合うてるて気付いてるんやないか？」

「でも、僕はテノール歌手になりたいから」

ぎゅっと握りしめられた。

近藤はハッと口を噤んだ。唇を噛みしめてうつむいてしまう。脇に垂らされていた両手がぎゅっと握りしめられた。


何か事情があると察したらしく、鶴見はゆっくりと尋ねる。

「ほんまは、音楽学校へ行きたかったんか？」

近藤は一瞬、答えるべきか躊躇したようだ。

しかし穏やかな問いかけだったからか、はい、と素直に応じた。

「子供の頃に行った音楽会で、イタリアのテノール歌手の歌を初めて聴いたんです。それまで聴いたどんな音楽よりも荘厳で美しくて、圧倒されました。それ以来、ずっと歌手になりたいと思っていました」

ああ、鶴見と同じなのか……。

鶴見も幼い頃に行った音楽会で、初めて西洋の愛の歌を──シューベルトの『セレナーデ』を耳にしたのだ。そして自分も歌手になりたいと夢見た。

「中学に上がったとき、将来は音楽学校で声楽を学んで、歌手になりたいと父に打ち明けました。しかし父は、音楽は女子供がやるものだ、男が一生の仕事にするものじゃないと言って、許してくれませんでした。何度も説得を試みたのですが、聞き入れてもらえなかった」

「しかしヴァイオリンは習てたんやろ」

「教養として西洋音楽を学ぶのはいいと。将来、外国人と取り引きをするときに、対等に渡り合うための手段と考えていたようです」

「手段か……」

鶴見が苦々しげにつぶやく。

西洋音楽を取り引きに利用している者がいるのは事実だろう。それ自体は悪いことではないと思う。商売には、人と人との感情のやりとりが含まれる。音楽によって心が解(ほぐ)れ、商談が滑らかに進むこともあるのではないか。

しかし、近藤は歌手になりたいのだ。彼にとって音楽は手段ではない。人生そのものなのだろう。

鶴見もきっと、近藤と同じだ。

今更出て行くことが憚(はばか)られて佇(たたず)んでいると、近藤の真剣な声が聞こえてきた。

「でも、僕はあきらめていません。なんとしてでも音楽学校へ行きたい。本格的に歌を学びたい。尽瘁を受験したのは、ここの合唱部が東京の学校の合唱部と交流があると知ったからです。東京で歌う機会があれば、尽瘁の合唱部に才能のある学生がいると音楽学校の関係者の耳に入るかもしれない。東京の学校の合唱部に、音楽学校に伝手(つて)がある人がいるかもしれません。父は権威に弱い。地位のある人から認められたら、あっさり掌(てのひら)を返すかもしれない。もちろん、噂(うわさ)や伝手だけで音楽学校へ行く道が開けるとは思っていません。ただ、機会があるのなら、それがどんなに小さなものでも逃したくないのです」

切羽詰まったような熱心な物言いだった。

だから独唱にこだわったのか。

理由もなく鶴見につっかかっていたわけではなかった。眉目秀麗で目立つ上に、歌も巧い部長の存在は脅威だったのだろう。

鶴見も納得したらしく、そういうことか、とつぶやく声が聞こえた。

「しかし君は東京の出身やろ。大阪やのうて東京の学校へ行った方が、目にとまる確率が高いんとちゃうか?」

「父は僕が歌をあきらめていないとわかっていて、京阪にある学校を勧めてきました。その中にたまたま尽瘁があったんです。尽瘁は政財界にたくさんの優秀な人材を送り込んでいる名門ですし、野球部が強いことで有名ですから、合唱部が目当てだなんて思わなかったんでしょう。合唱部があることすら知らなかったかもしれない。何より大阪には、男子が音楽を学べる学校がありません。これで僕と音楽の縁は切れると思ったんじゃないかな」

言葉の端々に苛立ちが滲んでいた。

近藤が言う通り、大阪だけでなく京都や神戸にも、男子が音楽を本格的に学べる学校はない。

今の京阪神では、音楽は女子だけのものだ。

そうか、と鶴見はため息まじりに相づちを打った。

「近藤は跡取りか？」

「いいえ、兄がいます」

「跡取りやないのに、音楽の道に進むのを反対されてるんか」

「はい。父だけではなく、兄も快く思っていません」

「なんでや」

「兄は学生時代、応援団に属する蛮カラだったんです。幼い頃、一緒に習っていたヴァイオリンも、早々にやめてしまいました」

　鶴見が顔をしかめる気配がした。

「蛮カラは、なんであないに頑固ていうか、偉そうなんやろうな。もちろんそんな輩ばっかりやない。立派な人格者もいるが、数はそれほど多くない。音楽を馬鹿にする奴は良識を疑う」

「鶴見さんは一年生のとき、蛮カラを打ち負かしたんですよね」

　近藤の声に、隠しきれない尊敬と感心が表れる。

　ハハ、と鶴見は明るく笑った。

「そんな大袈裟（おおげさ）なもんやない。向こうが喧嘩（けんか）を売ってきたから口でやり返しただけや。実質打ち負かした、ていうか、僕を護（まも）ってくれたんは高松や」

「さすが武蔵坊弁慶」

「噂には聞いてたけど、高松はほんまに弁慶て呼ばれてるんか」

「ええ。二年の先輩に教えてもらいました。一年生のときの大乱闘で、十人を次々投げ飛ばしたとか、柔道部や弓道部に出没しては、体を鍛えていかれるとか、柔道部の主将と互角の戦いをしたとか。高松さんに関しては、歌の評判より武術の評判の方がよく聞きます」

高松はひっそりと苦笑いした。

歌は一所懸命稽古して、まあまあ上手、程度だからな……。

その点、武術は幼い頃から嗜んでいることもあり、長けている。いざというときに鶴見を護るため、体が鈍らないように定期的に鍛えているのだ。

ちなみに高松が習っていたのは柔術で——父方の祖父と同じ元幕臣の師匠だった——、柔道より実戦的だったため、稽古相手に怪我をさせないように細心の注意を払っている。柔道部だけでなく弓道部にもぜひ入部してくれと懇願されたが、断ったのは言うまでもない。

ハハハ、と鶴見がまた楽しげに笑う。

「乱闘で何人か投げ飛ばしたんは事実やけど、さすがに十人は多いな。それから、高松は歌も巧いぞ。級友にそう言うといてくれ」

「そちらの噂はあまり広まらないと思いますが、一応言っておきます」

近藤も笑いまじりに言う。

いつのまにか、ぎすぎすとした空気はなくなっていた。

鶴見がそっとため息を落とす気配がする。

「しかし、そうか……。君は歌手になりたいんか」

「おかしいですか？」

「いや。少しもおかしくない。君やったらきっとなれるやろう」

鶴見はきっぱり言い切った。

上辺だけのお世辞ではなく、本心から言っているのがわかったのだろう、近藤が息を呑み込む音がする。

鶴見を敵視していたということは、ある意味では鶴見の実力を認めていたということだ。そんな人物に確信をもってなれると言われて、嬉しかったに違いない。

「しかし今回の独唱を譲る気はないぞ。僕かて楠木音楽堂で歌いたいからな。尋常に勝負や」

「はい、望むところです！」

近藤が力強く応じる。

鶴見、僕も歌手になりたいんだとは言わなかったな……。

心の奥底では望んでいるはずなのに、なぜ言わなかったのだろう。

合唱部に入って間もない近藤に、わざわざ告げる必要はないと思ったのか。

それとも、別の理由があるのか。

考えていると、カタン、と鶴見が座っているピアノの椅子が音をたてた。カツ、カツ、カツ、と靴音が近付いてくる。

鶴見がひょいと扉の方を覗き込んだ。目が合う。

「いつからそこにおったんや、高松。入ってきたらええのに」

「ああ、うん。今来たところだ」

ばつの悪さを隠して応じると、二重の美しい目が悪戯っぽく細められた。

僕が立ち聞きしていたのを見抜いている。こういうところも敵わない。

「そしたら、次は僕が歌うぞ」

颯爽と踵を返した鶴見は、再びピアノの前に腰を下ろした。

鶴見を追いかけるように講堂の中へ入ると、近藤が会釈をしてきた。

軽く頷いてみせ、鶴見を見つめる近藤の横顔に視線を向ける。入部したときからずっと纏っていた硬い鎧のような空気が、幾分か薄れている気がした。

もう鶴見につっかかることはないかもしれない。

我知らずほっと息をつくと同時に、耳に馴染んだ『荒城の月』の前奏が始まった。

「春高楼の花の宴　めぐる盃かげさして」

講堂に響く鶴見の澄んだ声に、高松は酔いしれた。

ドイツ語の授業を受けるために教室を移動している最中、どこからともなく歌声が聞こえてきた。高松と並んで歩いていた鶴見は、ぴくりと肩を揺らす。

周囲にいる級友たちにも歌声が聞こえたのだろう、きょろきょろと辺りを見まわしている。

「近藤や」

つぶやいて、鶴見は窓に歩み寄った。高松も一歩遅れて窓に近付く。

二階から見下ろした場所は校舎の裏だ。雑草は刈ってあるものの、これといって何もない殺風景なその場所で、近藤が歌っていた。

その横には、比留間と佐々木がしゃがみ込んでいる。稽古に付き合っているのか、あるいは付き合わされているのかは判然としない。

鶴見はじっと近藤を見下ろした。五月の爽やかな風を受けた端整な横顔に笑みはない。

だからといって、敵愾心(てきがいしん)や闘争心も感じられなかった。

声をかけるのも躊躇してしまうような、どこまでも静かな表情だ。

昨日、講堂で近藤と一緒に稽古をしてから、鶴見はふとした瞬間に黙り込むようになった。夜もあまり眠れていないようだ。

もう近藤と揉(も)めることはないだろうに、何が気がかりなのか。

心配になってどうしたんだと尋ねても、何でもないと返してくる。

この三年で、鶴見は以前より物事を熟考するようになった。そして熟考している間、いつもは饒舌(じょうぜつ)な彼が無口になる。

　こういうときは待つしかないと、高松は経験上知っている。

「おお、またあの一年か。鶴見もだが、あの一年もよく稽古するな」

　級友が感心したように言う。

「俺、荒城の月の一番、覚えてしもたわ」

「僕もや。はーるーこーぉーろーぉのー、はーなーのーえーんー、やろ」

「なかなか巧いやないか。あ、おい、瓜生。独唱の試験はいつだ」

　級友が鶴見ではなく、後からやってきた瓜生に尋ねたのは、鶴見が窓辺から動かなかったからだろう。独唱の試験があることは、既にほとんどの学生が知っている。

「明々後日や」

「部外者が見学に行ってもいいのか？」

「かまわんけど、いずれにしても試験は放課後や。皆、倶楽部活動があるやろ」

　瓜生の言葉に、ああ、確かに、と級友は今気が付いたかのような声をあげた。

「そしたら明々後日の活動は休みにするかな」

「庭球部長殿、今のは問題発言です。自分の都合で倶楽部活動を休みにしたらあかんやろ」

「しかし気になるだろう。僕ら四年だけと違(ちご)て、下級生も合唱部の独唱の話で持ちきりだからな。倶楽部活動をやっていても、合唱部の試験が気になって集中できんのじゃないか」

「それを集中させるんが部長の役目や」

ふいに冷たい声が割り込んだ。北澤（きたざわ）だ。今日も裸足に下駄を履いている。

「他の倶楽部活動が気になるから、己の部の活動を休みにするやなんて言語道断や。絶対に休むなよ」

「わかっている。ちょっと言ってみただけだ」

ふんと鼻を鳴らした北澤は、ほんの一瞬、鶴見に視線を向けた後、ガランガランと下駄を鳴らして歩いていった。

北澤なりに鶴見を気遣ったんだろうな。

わかりにくいが、鶴見が試験に集中できるようにしたかったのではないか。

一年のときに散々やり合ったことで、北澤はある意味、鶴見を認めた節がある。

一方の級友は、欧米人のように器用に肩を竦（すく）めた。

「相変わらず頭が硬い奴」

「おい、聞こえるぞ。そういう言い方は良くない」

咎（とが）めたのは瓜生だ。以前の彼なら、きっと黙って受け流していただろう。はっきり物を言う鶴見や藤野、戸田の影響を受けたに違いない。

「本当のことだから聞こえるように言ったんだよ。瓜生は真面目（まじめ）だな」

「真面目やのうて、余計な揉め事を起こしたないんや」

「そういうのが真面目って言うんだ」

賑やかなやりとりを残して、瓜生と級友たちが離れていく。

鶴見はじっと近藤を見下ろしたままだ。

「鶴見」

遠慮がちに肩を叩く。思うようにさせてやりたいが、このままだと授業が始まってしまう。

鶴見は我に返ったように顔を上げた。

「あ、すまん。待たせた」

「大丈夫か？」

「ああ、大事ない」

鶴見が応じたそのとき、鶴見さん、高松さん、と呼ぶ比留間の声が聞こえてきた。

窓の下を覗くと、比留間と佐々木がそろってペコリと頭を下げる。

少し遅れたものの、近藤も会釈した。

鶴見は彼らに向かって小さく手を振った。高松も手をあげてみせる。

近藤は慌てたようにもう一度頭を下げた。比留間と佐々木は嬉しそうに笑う。そしてなぜか近藤の背中を両側から叩いた。近藤は、やめろよ、という風に眉を寄せるが、二人はおかまいなしだ。笑い声が弾ける。

近藤があまりにも不遜なので忘れがちになるが、彼らはまだ入学して間もない新入生なのだ。

三人を見下ろしていた鶴見が、小さく息を吐く音がした。

「すまん、高松。待たせたな。行こ」

鶴見に腕を引かれ、高松は歩き出した。

学生服の衿から覗く、すんなりと伸びた白い首筋を見つめる。

僕は君が話してくれるのを待つ。

しかし鶴見が一人で思い悩む時間は、できるだけ短い方がいい。


「鶴見さん！」

呼んだ声に振り返ると、近藤が駆けてくるところだった。

隣を歩いていた鶴見が足を止める。

「おう、近藤。どないした」

鶴見の正面で足を止めた近藤は、こんにちはと挨拶をした。高松にもこんにちはと頭を下げるが、すぐ鶴見に視線を戻す。

寮の廊下には、夕食を食べ終えたばかりの四年生と、食堂へ向かう三年生が行きかっている。一年生は近藤以外、一人もいない。その一年生に呼び止められたのが鶴見だったからだろう、注目が集まる。

が、近藤本人は全く気にしていないらしく、快活な口調で言った。

「会えてよかったです！　あの、明日の午前中、一緒に稽古しませんか？」

「うん、ええぞ。朝飯食うた後、講堂でな」

「はい！　お願いします！」

近藤はさも嬉しそうに返事をする。

鶴見と共に再び歩き出すと、近藤がその場に立って見送っているのがわかった。

鶴見が、ふ、と笑いを漏らす。

「高松、顔」

「顔？」

「顔が怖い」

高松は思わず自分の頬を摩（さす）った。

「つっかかってくることもなくなったし、むしろ友好的になったのに、なんでそない怒ってんねん」

「友好的になりすぎだろう」

ぶっきらぼうな口調になってしまったのも仕方がないと思う。

近藤が校舎の裏で稽古しているのを見かけてから二日。近藤は見事に鶴見に懐いた。

合唱部全体の稽古のとき、できるだけ鶴見の近くにいようとする。わからないことや疑問点があると、まず鶴見に尋ねる。更には一緒に独唱の稽古をしませんかと誘う。そして実際、二回に一回は一緒に稽古をしている。廊下や校庭で鶴見を見つけると、用事がなくても寄ってくる。高松が隣にいてもお構いなしに、鶴見さん、鶴見さん、と鶴見に話しかける。

それまでの対抗心剝き出しの言動とは真逆の態度を見て、合唱部の部員たちは相当驚いたようだ。いったい何があったのかと訝る彼らに、鶴見はにこやかに答えた。合唱を愛する者同士、腹を割って話したんや。

鶴見自身、近藤と共に稽古するようになった二日間で、黙り込むことは徐々に減っていった。夜も眠れているようだ。

近藤が反抗しなくなったから安堵したのだろうか。

――否。違う。

近藤の言動が関係しているのは間違いないが、それとは別に、鶴見には憂いがあった。

きっと音楽の道に関係することだ。

それは恋人としての勘だった。

しかし、鶴見はまだ心の内を打ち明けてくれない。

「前みたいに反抗してくるよりずっとええやろ」

上目遣いで覗き込んできた鶴見に、不機嫌を隠さず顔をしかめる。

「それはそうだが、君と二人きりでいる時間が減る。今日の午後の稽古も、バリトンの僕とは別々だっただろう」

「独唱の試験が終わるまでの辛抱や」

「本当に試験が終わるまでか？　その後も寄ってくるんじゃないのか。君も近藤と音楽の話をしていると楽しそうだし」

腹に溜めていた不満が如実に声に表れてしまい、高松は咄嗟に口を噤んだ。これではまるきり拗ねた子供だ。

鶴見、呆れただろうか。

ちらと見下ろすと、鶴見が視線をそらした。笑いを堪えているらしく、肩が揺れている。

とりあえず呆れてはいないようだが、楽しそうだ。高松の嫉妬をまともに取り合っていないらしい。高松はムッと眉を寄せた。

「笑いごとじゃないぞ」

「——うん、ふふ、すまん」

「楽しいのは事実だろう。一緒に稽古をした後、西洋音楽の話題で盛り上がっているじゃないか」

「近藤とは音楽の趣味が合うからな。ついいろいろ話してしまうんや。僕が知らんヴァイオリンの曲を教えてくれるしな」

「それだけじゃないだろう。近藤の歌についても何かと助言している」

「助言ていうか、思たことを言うとうだけや。半分くらいはハンナ先生の受け売りやし」

鶴見は近藤に息の継ぎ方や感情の込め方等、細かいところをさりげなく助言している。以前は全く聞く耳を持たなかった近藤だが、今は違う。素直に鶴見の助言を取り入れる。すると確かに良くなるのだ。自分でも歌の完成度が高くなるのを実感しているらしく、近藤は日増しに鶴見に尊敬の眼差しを向けるようになった。

鶴見もまた、近藤の歌が良くなると満足げに目を細める。悔しそうに唇を噛むときもあるが、嬉しそうに頬を緩めているときの方が多い。

二人の間に恋情はないとわかっていても、傍で見ていると複雑な気分になる。

僕にはない情熱が、鶴見と近藤を結びつけている。

高松は深いため息を落とした。

「僕も武術じゃなくて、ヴァイオリンかピアノを習っておけばよかった」

「楽器を弾く君を見てみたい気もするけど、それやと一年のとき、蛮カラから僕を護(まも)ることはできんかったな」

悪戯っぽい眼差しを向けられ、うう、と高松はうなった。

「それは、だめだ。やはり僕は武術を習う」

「そうしてくれ。僕の弁慶がおらんようになったら困る」

すまして言った鶴見に、高松は胸の内で歓喜が弾けるのを感じた。

僕の弁慶。――なんと甘美な響きなのか。

しかし同時に、焦りも感じる。

四年生になってしばらく経ったが、まだ自分がやりたいことは見つからない。だからといって、父の会社に入る決意もできない。

なんとなく道筋は見えてきた気もするが、具体的な将来はまだ見えなかった。

大阪の祖父が言ったように、時には限りがある。

鶴見の弁慶でいるためには、早く大地に根を張った強い男にならなくては。

二人の部屋へと続く階段を上りつつ、鶴見は欧米人のように肩を竦めた。

「だいたい、近藤は彼の夢に僕が理解を示したさかい慕(した)てるだけや。今まで彼の夢をまともに取り合う人がおらんかった反動やろう。他に理解者が現れたら治まる思うぞ」

落ち着いた物言いに、高松は改めて鶴見の整った横顔を見下ろした。

「鶴見はどうなんだ」

「どうて?」

ちょうど二人の部屋に着いたので、鶴見が答える前に扉を開ける。そうして鶴見を先に部屋へ促した。

五月に入って随分と日が長くなったとはいえ、午後七時ともなれば室内は暗い。明かりを灯(とも)

し、改めて鶴見に向き直る。

　鶴見はじっとこちらを見つめていた。二人きりになったからか、剝き出しの何かが黒曜石を思わせる艶やかな瞳に映っている。

　胸を掻き毟られるような愛しさが湧いて、高松は息をつめた。三年も一緒にいるのに、鶴見への愛は尽きることがない。むしろ次から次へと湧き出てくるので、想いの海に溺れそうだ。

　高松はゆっくり深呼吸をした。

　今から投げかける問いは、数日前まで鶴見が抱えていた憂いに触れることになるだろう。

「君は、音楽を心から愛している。本当は歌手になりたいんだろう？」

　電灯の明かりを受けて濃い影を落としている睫が、ゆっくりと瞬いた。

　やがて鶴見は静かな声で話し出す。

「君の言う通り、僕は音楽を心から愛してる」

「うん」

「歌うんが、何より好きや」

「ああ」

「歌手になりたいのは、ほんまや。子供の頃からの夢やった。けど、僕にはプロフェッショナルとしてやっていくだけの力はない」

　高松は相づちを打つのをやめた。ただ鶴見を見つめる。

一方の鶴見は高松から目をそらした。瞼が伏せられ、視線が床に落ちる。

「――憧れて、夢見た。けど、音楽学校で学ぶ人を羨ましいて思うばっかりで、近藤みたいに、何が何でも、ていう強い気持ちは僕にはなかった。父を説き伏せようともせんかった。母や姉やハンナ先生を味方につけて、外堀を埋めることもせんかった。東京の学校へ行って、音楽学校との接点を見つけようともせんかった。近藤やったら、きっと全部やったやろう。事実、新入生やのに、四年生の僕に堂々と挑んできたんやから」

淡々とした口調が逆に、内心の葛藤を映し出している気がした。

違う。鶴見の気持ちが足りなかったわけじゃない。

そう思ったが口には出さなかった。否、出せなかった。

鶴見はまだ何か言おうとしている。聞かなくては。

「あれくらいの負けん気と度胸がなかったら、日本だけやのうて本場のヨーロッパの歌手と競う、厳しいプロフェッショナルの世界でやってくんは無理や。歌の才能だけやのうて、心が、きっと耐えられん」

「鶴見」

吐き出すように紡がれた言葉を聞いていられなくて思わず呼ぶと、鶴見がぶつかるように抱きついてきた。

一歩後退してしまったものの、細身の体をしっかりと抱きとめる。

鶴見の両腕が背中にまわった。形の良い額が肩口に押し付けられる。

「悔しい」

「うん」

「苦しい」

「ああ」

「自分に、腹が立つ」

「そうか」

「……悲しい」

泣いているのではと思ったが、声に涙は滲んでいなかった。

そのかわり、強くしがみついてくる。

近藤が歌手になりたいと言ったとき、鶴見は自分も同じだとは言わなかった。

あの時点で既に葛藤していたのかもしれない。

高松は鶴見の背中を優しく摩った。

「一人で抱えて、辛（つら）かったな」

「いや……。結局、抱えきれんと、こうやって君に気持ちをぶつけてしもた……。こないに情けない僕を……、中途半端な僕を、君は嫌いになったか……？」

初めて震えた声に、まさか！　と思わず大きな声が出た。

情けないのも中途半端なのも僕だ。

「僕が君を嫌いになるわけがないだろう。それに君は、少しも情けなくなんかない」

高松は鶴見を深く抱え直した。

制服越しでも、温かな体温と確かな心音が伝わってくる。

「君は、西洋音楽に出会わせてくれて、ピアノを習わせてくれたご尊父に感謝している。何より単身で故郷を飛び出し、言葉もわからないのに外国人から新しいことを一から学んで麵麭製造所を築き、誠実な仕事を続けておられるご尊父を尊敬しているだろう？　長男として生まれた君は、そんなご尊父の期待に応えようとした。ご尊父だけじゃない。ご母堂や麵麭製造所で働く人たち、そう、君を大切に思っている人たちに報いようとした。君は愛情深い人だ。君が跡を継ごうと思ったのは、ごく自然なことだったと僕は思う。決して歌への想いが足りなかったわけじゃない」

真摯に言葉を紡ぐと、腕の中で鶴見が小さく嗚咽を漏らした。

胸が引き絞られるように痛むと同時に、痺れるほど熱くなる。

愛しい人。君が何よりも大事だ。だからどうか泣かないで。

いや、泣いてもいい。君が泣くのはきっと僕の前でだけだから、思い切り泣いてくれ。

そんな想いを込めて鶴見を強く抱きしめる。

鶴見もまた高松の背中に腕をまわし、声を殺して泣いた。

独唱の試験当日、講堂には合唱部員以外にも大勢の学生が集まった。

審査をする合唱部員は、舞台の前に並べた椅子に腰かける。その後ろに見物人用の椅子を用意したが、あっという間に埋まってしまった。

押しかけてきた見学者たちの相手をしているのは一年生と二年生だ。

「どうしましょう、椅子が足りません」

「立ち見してもらわんとしゃあないな。すんません、立ち見でもいいですか？」

「わざわざ来たのに立ち見か？　他の教室から椅子を持ってきたらええやろ」

「俺は立ち見でもええけど、それやったら前の方へ行ってもええか？」

「ええっ、いや、それはちょっと……」

下級生が無茶を言う上級生の扱いに困っているのを見かねて、高松(たかまつ)は藤野(ふじの)と共に腰を上げた。

勝手に舞台の傍(そば)へ行こうとしていた学生の前に立ち塞がる。

「舞台の傍で見るのはやめてくれないか。審査の邪魔になる。鶴見(つるみ)と近藤(こんどう)の歌を聴きたかったら、合唱部が出る音楽会にぜひ来てくれたまえ」

「これは内輪の試験で、本来は人に見せるもんやないいんや。すまんけど椅子はこれ以上用意できん」

藤野の言葉に、立ち見を嫌がっていた学生も渋々引き下がった。

合唱部の下級生たちは、安堵の息をつく。すみません、ありがとうございます、と高松と藤野に頭を下げた。

「気にしなくていい。そろそろ扉を閉めよう」

はい！　と元気よく返事をした二年生部員が、出入り口に向かって駆けていく。

その後ろ姿を見送った藤野は、改めて見学者たちを見渡した。

ざっと数えただけでも、合唱部員の倍はいる。

「こないに集まるとはな。皆、自分の倶楽部活動はどないしたんや」

「サボタージュか、倶楽部活動自体を休みにしたか、だろうな」

同じ組の庭球部長の姿を認めて、高松は苦笑した。

前の席へ戻りつつ、鶴見と近藤が控えている舞台の上手に視線をやる。

鶴見、どうしているだろうか。

今日、鶴見はいつも通りだった。朝食と昼食も詰め込まず、ゆっくり食べていた。

舞台袖へ向かう前も緊張した様子はなかった。

そしたら、行ってくる。

高松の瞳をしっかり見つめて頷いた。

高松の胸で泣いた後、鶴見はぐっと落ち着いた気がする。深緑の森の奥にある澄んだ湖のような、月明かりを受けて仄かに輝く雪原のような、なんとも言えない深い美しさを纏うようになった。

きっと鶴見は、素晴らしい歌声を聴かせてくれる。

近藤はといえば、講堂へやってきたときには既に表情を強張らせていた。食事こそきちんととっていたらしいが、あまり眠れなかったようで、目の下にうっすらと隈ができていた。

近藤には持てる力を出し切ってほしいと思う。

他ならぬ鶴見が、そう望んでいるだろうから。

大きな置き時計の針が五時を示したのを機に、高松は再び立ち上がった。舞台の前に立つと、たちまち注目が集まる。

「これより、独唱する者を決める試験を行う。鶴見と近藤の歌を聴いて、独唱に相応しいと思った者の名前を、先に配っておいた紙に書いてくれたまえ。後で集めて、この場ですぐに集計する。得票数が多い者が独唱に決定だ。同点だった場合は、鶴見と近藤に籤を引いてもらって決める。異論はないな？」

はい、と合唱部の面々は返事をした。

皆、自分が歌うわけでもないのに緊張している。

「ではまず、近藤から」

高松が言うと、近藤がぎこちない動きで舞台袖から出てきた。中央で立ち止まり、客席に向かってお辞儀をする。顔を上げて深呼吸をひとつ。

近藤の体から強張りがとれたのがわかった。落ち着きのなかった視線がぴたりと定まる。

――この度胸も、きっと才能のうちだ。

近藤はピアノ伴奏してくれる部員に、手で合図を送った。

前奏が静かに始まり、歌い始める。

「春高楼の花の宴　めぐる盃かげさして
千代の松が枝わけいでし　むかしの光いまいずこ」

歌い終えて再びペコリと頭を下げた近藤に、惜しみない拍手が贈られた。

安定した、凛（りん）とした声だった。前に聴いたときよりずっと良くなった。

やがて近藤と入れ替わりに、鶴見が舞台に出てきた。中央で立ち止まり、深く一礼する。

ああ、緊張している。

整った目鼻立ちのせいで他の者にはそう見えないかもしれないが、高松にはわかる。表情がないし、肩にも力が入っている。

じっと見つめると、鶴見もこちらを見た。

高松は深く頷いてみせた。

大丈夫だ、鶴見。僕がついている。

心の内で励ますと、まるでその言葉が聞こえたかのように鶴見は微笑んだ。

その艶やかな笑みに、客席にいる全員が息を呑む。

ピアノが丁寧に前奏を奏でた。鶴見が朗々と歌い出す。

「春高楼の花の宴」

鮮やかな色がついた風景が、はっきりと見えた気がした。

真っ青な空に浮かぶ、儚げな昼の月。その月が見下ろす城で、武士たちが酒を酌み交わしている。栄華の時代が終わるなどとは、誰も想像すらしていない。

やがて宴は砂で描いた絵の如く、脆くも崩れ去った。

もはや住む者も訪れる者もいない、荒れた城だけが残される。

夜も更けた頃、城の前に佇む一人の男。

父方の祖父様だ、と高松は思った。

主君を失い、刀を奪われ、髷を落とした父方の祖父が、青白い月光を浴びてぽつねんと立ち尽くしている。

悲しい。悔しい。虚しい。

「むかしの光いまいずこ」

鶴見が歌い終え、ピアノ伴奏が終わっても、誰も微動だにしなかった。

誰かが長いため息をついたのを合図に、拍手がぱらぱらと鳴った。それはすぐに大きな拍手へと膨らむ。

深く頭を下げた鶴見は、背筋をまっすぐに伸ばして舞台袖へ引き上げた。

高松は両腕をゆっくりと摩った。肌が粟立っている。

素晴らしかった……！

今の鶴見だからこそ表現できた歌だ。一年生の鶴見にも、二年生と三年生の鶴見にも、こんな風には歌えなかった。

プロフェッショナルだろうが、アマチュアだろうが関係ない。

藤野が言った通り、僕にとっては鶴見の歌が至高だ。

見学者たちが声を落として感想を話し合う中、合唱部員は事前に配っておいた紙に鉛筆を走らせた。中には、なかなか書こうとしない者もいる。どちらを選ぶか決められないのだろう。

鶴見と近藤は舞台袖に引っ込んだままだ。投票の紙を集めるまでは出てこないように言ってある。

二人きりで、互いの歌について話をしているのか。それとも黙り込んでいるのか。

――なぜか悋気の虫は騒がなかった。気高い勝負を目の当たりにしたせいかもしれない。

三十分ほど経ったところで、高松はようやく立ち上がった。

「五分後に集める。まだ書けていない者は、五分以内に書くように」

何人かが決心したように鉛筆を動かす。

きっかり五分後、高松は自ら紙を集めた。

合唱部員は、鶴見と近藤を含めて二十名だ。つまり、審査するのは鶴見と近藤を除いた十八名。十票入れれば独唱することが決まる。

「藤野、記録を頼む」

「わかった」

「鶴見、近藤、出てきてくれ」

高松が呼びかけると、舞台袖から鶴見が顔を覗(のぞ)かせた。

目が合った途端、ほっとしたように微笑む。

やはり鶴見は美しいだけでなく、とびきり可愛(かわい)い。

そんなことを思っている間に、鶴見は近藤を伴って舞台上へ出てきた。

見学者席から自然と拍手が湧き上がる。

「よかったぞ！」

「ブラヴォ！」

「二人とも素晴らしかった！」

次々に声がかかり、鶴見は驚いたように目を瞠(みは)った。が、すぐに柔らかく微笑んで優雅に頭を下げる。

その横で、近藤もペコリと頭を下げた。緊張しているらしく、顔が強張っている。

意外だった。近藤のことだから、たとえ緊張していても顔には出さないのではないかと思っていたのだ。それだけ余裕がないのだろう。

「では、名前を読み上げる」

高松が言うと、講堂は再び静かになった。ぴんと張り詰めた空気に包まれる。

最初は立て続けに近藤の名前が出た。その数六票。

しかしその後は、鶴見の名前ばかりだった。その数七票。

「次、近藤。——次、鶴見。——次、鶴見。——次、近藤」

これで鶴見が九、近藤が八である。

最後の一票を鶴見が獲得すれば、独唱は鶴見に決まる。

講堂にいる全ての者が息を殺して見守る中、高松は折り畳まれた紙をゆっくりと開いた。

「これで最後だ。——鶴見」

書いてあった名前を読み上げると、わっと見学者席から歓声が上がった。

合唱部員たちは、一斉に大きなため息を吐き出す。

「難しかった……」

「ほんまにな……。ぎりぎりまで決められんかった……」

「僕はすぐに決めたけど、それでも一人に絞るのは惜しい気がした……」

下級生たちがぼそぼそと愚痴のような感想を漏らす。

四年生はといえば、皆無言だった。まだ鶴見の『荒城の月』の世界に浸っているようだ。

高松もまた、抜け切れていなかった。父方の祖父の姿が脳裏に浮かんでいる。

「合唱部諸君！」

ふいに壇上の鶴見が力強く呼びかけた。

一同を見まわす瞳は、穏やかな光を宿している。

「ひとつ、提案がある！」

「聞こう。何だ」

高松がすかさず応じると、鶴見はこちらを見て嬉しそうに笑った。

うむ。やはり物凄く可愛らしい。

高松の心の内などお見通しらしく、鶴見はあきれたように、しかし照れ臭そうに眉を寄せた後、再び正面を向いた。

「近藤の歌は素晴らしかった。凛とした歌声が胸に染みた。近藤の名を書いた八人は、僕と同じ感動を味おうたと思う。そこで提案や。独唱は、近藤にも一緒に歌てもらいたい」

合唱部員たちはもちろん、見学者たちもざわついた。

項垂れていた近藤は顔をはね上げる。そして狼狽えたように一歩下がった。

近藤を振り返った鶴見は不遜に微笑む。

「もちろん、主旋律は僕が歌う。君は後半からバリトンとして入ってくれ」

「しかし、僕は負けてしまったのに……」

「そやから後半だけて言うとうやろ。独唱の主役はあくまで僕や」

「いや、でも……」

口ごもる近藤に、客席にいた合唱部員たちが声をかける。

「遠慮すんな、近藤。らしくもない！」

「僕は賛成や！」

「僕もいいと思います！」

「近藤の歌もよかったからな！」

近藤は好意的な言葉をかけられても、まだ躊躇しているようだ。

「近藤！」

視線を彷徨わせる近藤を呼んだのは石寺だった。

びっくりした！　という顔には、怖いくらい真剣な表情が映っている。

「与えてもろた機会は逃したらあかん。幸運は、誰にでも巡ってくるもんやない」

その口調も真剣だった。石寺は貧しい家の生まれで、奨学金制度を利用して尽瘁で学んでいる。春の休暇で帰郷した際、高等小学校と中学校の学費を出してくれた村長に会うと言っていたから、そこで何かあったのかもしれない。

揺れているのは僕だけじゃない。

鶴見も石寺も――、そう、経営が厳しい海運会社に就職すると言った藤野も、戦火に巻き込まれるかもしれないフランスへの留学を希望している戸田も、きっと四年生の誰もが目の前に迫ってきた卒業を前にして、大なり小なり葛藤を抱えている。

石寺の言葉に響くものがあったらしく、近藤は唇を引き結んだ。やがてゆっくり息を吐く。

「……わかりました。ありがとうございます、石寺さん。鶴見さん、どうか僕にも歌わせてください」

頭を下げた近藤の肩を、鶴見は強く叩いた。

「おう、一緒に歌おう！　楽しみや！」

破顔した鶴見は、やはりとびきり可愛かった。

風呂を済ませて部屋に戻ってきた鶴見は、どすん、と寝台に勢いよく腰を下ろした。そして満足げに大きく息を吐く。

「鶴見、お疲れ様」

ん、と頷いた彼の向かい側にある己の寝台に座ろうとすると、ん！　とまた鶴見が声を出した。自分の横をぽんぽんと手で叩く。

向かい側じゃなくて隣に来いってことか。

高松は笑み崩れながら鶴見の横へと移動した。

浴衣を纏った鶴見は、独唱の試験の緊張が解けたせいか、少しけだるげで色っぽい。

こうして無防備に色気を曝しているのは、高松の前だからこそだ。

「今日の独唱、本当に素晴らしかった。父方の祖父を思い出したよ」

「父方のお祖父さんて、貝瀬さんやない方のお祖父さんか。確か、元幕臣の」

「そう、その祖父だ。僕が八つのときに亡くなったんだが、気難しい人で、子供心に恐れていた。しかし今思い返すと、いつも悲しそうだったよ」

「そうか……。荒城の月を作詞した土井先生は、武士の時代の終わりを表現されたらしいから、お祖父さんと重なったのかもしれんな」

「土井先生の詞と滝先生の曲が素晴らしいのはもちろんだが、鶴見の歌声が訴える力を持っていたからだと思う。胸に迫った」

もう一度賛辞を贈ると、ありがとう、と鶴見は素直に礼を言った。

そして高松の方へ体を傾け、肩に頭を預けてくる。

まだ少し湿っている艶やかな髪が顎をくすぐって、高松は我知らず微笑んだ。可愛い。自らも鶴見の頭に頬を寄せる。

嬉しそうに笑った鶴見は、穏やかに言葉を紡いだ。

「僕が選ばれたんは、もちろんめっちゃ嬉しかった。けど、近藤が八票集めたんも嬉しかった」

「そうなのか？」

「うん。近藤はほんまに一所懸命稽古してたし、僕の助言もよう聞いてくれた。そんでもともと良かった歌が更に良うなったから、僕も嬉しいなった」

「それで近藤も一緒に歌うことを提案したのか」

「そうや。近藤にはそれだけの力がある」

きっぱり言い切った声に、悔しさは滲んでいなかった。

鶴見は静かに続ける。

「今回のことで、誰かの力を伸ばす手助けをするんもええなって思た。それが音楽やったら、きっと僕自身も楽しい」

しみじみとした物言いに、高松は頷いた。

「鶴見は今までも後輩の指導をしてきただろう？　城山だって入部したばかりのときは、あれだけドイツ語が堪能なのに、歌となると急に発音が悪くなって四苦八苦していた。それを根気強く直してやったのは君だ。栗木が低い音になると音程が外れてしまうのを直してやったのも君だし、杉谷の喉で歌う癖を直したのも君だ。僕の拍子のずれも、君が直してくれた。他にも細かいことをあげればきりがない。君は指導者に向いている」

「そんな大袈裟(おおげさ)な。僕はただ、合唱の完成度を上げたい一心であれこれ注文しただけや」

「しかし、君の根気強い指導と助言に助けられた者は大勢いる。皆、感謝しているぞ。もちろん僕もだ」

「そうか……。それやったら嬉しい」

鶴見は満たされたように深いため息を落とした。

かと思うと身じろぎをして、下から見上げてくる。

「それにしても君、僕が誰にどんな助言をしたかなんて、そんなことよう覚えてるな。杉谷の癖を直したん、入部してきたばっかりのときやから、もう一年近(ちこ)う前のことやぞ」

「鶴見に関することは何でも覚えている」

「高松、君、新学期が始まってから、ずっと何か考え込んでたやろ」

唐突に言われて、え、と高松は思わず声をあげた。

ふふ、と鶴見は得意げに笑う。

「気付いたんは僕だけやと思う。君が僕をよう見てるように、僕も君を見てるんや。隠し事しても無駄やぞ」

「そうか……」

焦りや不安を表に出したつもりはなかった。鶴見に伝わってしまったのは不覚だが、見守ってくれていたのは嬉しい。

僕が鶴見を想うように、鶴見も僕を想っているんだ。

「心配させて悪かった。卒業後のことを考えていたんだ」

「お父さんの会社に入るかどうか、か？」

「それも含めて、自分は何がしたいのか、何を為せるのかを考えていた。今更、遅いかもしれないが」

不思議と素直な気持ちになって、正直に答える。

鶴見はきょとんとした。

「全然遅ないやろ。四年になってまだ間がないんやから。それに今は、なんかすっきりした顔しとうし」

「そうか？　まだ具体的に何も決めてはいないんだが、もしすっきりしているように見えているなら、君の歌のおかげだ。君の歌が、雑念を取り払ってくれたんだと思う」

落ち着いた口調で言うと、ふうん？　と鶴見は首を傾げた。

「僕の歌が、君の役に立てたんやったらよかった」

「今日の歌だけじゃない。君はいつも僕に力をくれる」

鶴見に出会わなければ、考えることすらせず、ただただ流されて生きていた。不幸ではないかもしれないが、空虚な人生だっただろう。

「僕は君の力の源か？」

「ああ。君は僕の力で、光で、僕の揺り籠で、僕の宝だ」

「いくつも言いすぎや。信憑性がなくなる」

文句を言いつつも、ふふ、と嬉しそうに笑う愛らしい顔に見惚れていると、鶴見の両腕がするりと首筋にまわった。間を置かず、首を引き寄せられる。

愛しい人の桜色の唇が、唇にしっとり重なった。

柔らかな触れ合いだったが、全身が甘く痺れる。

「なあ、しよう」

熱い吐息が唇をくすぐる。

今度は頭の中が沸騰するように熱くなった。

鶴見はただ慰め合うだけではなく、体をつなげようと誘っている。

「……いいのか？　明日は休みじゃないぞ」

ん、と鶴見は目許を赤く染めて頷いた。

「今日、舞台に立ったとき、君の顔見てほっとした。君が見守ってくれてるんやから、大丈夫やて思えた。それから、君のことがめっちゃ好きやって思た」

「鶴見……」

あまりの幸福と歓喜で胸がいっぱいになって、名を呼ぶことしかできない。

ちゅ、と愛らしい音をたて、鶴見はまた高松の唇を啄んだ。高松の首にまわしていた右手を外し、自らの腹を摩る。

「ここに、高松の、熱いのがほしい」

その仕種と言葉の意味を理解した次の瞬間、高松は鶴見の唇に食らいついた。恋人を迎えるために開かれた唇に、遠慮なく舌を差し入れる。

温かく濡れた鶴見の舌が絡みついてきて、高松は歓喜に震えた。

ああ、僕も鶴見の中に入りたい……！

今日まで数えきれないほど鶴見と床を共にしてきた。鶴見の感じるところを探し出して執拗に愛撫し、感じないところも熱心に愛撫して、感じるように変化させた。

もはや鶴見の体で、高松が触れていない場所はない。どんな風に触ると、どんな嬌態を見せてくれるのかも熟知している。

しかし、慣れたとか飽きたと感じたことは一度もない。むしろ体を重ねる毎に魅了されて、際限なくほしくなる。

もちろん今も例外ではなかった。

鶴見の体の奥深くまで貫いて、艶めかしく動く内壁に隙間なく包まれたい。

「ん、ん……」

既に熟知している敏感な場所を舌先でくすぐると、鶴見は喉の奥から嬌声を漏らした。

脳髄を痺れさせるような甘さを含んだその声が、ただでさえ燃え上がっていた情欲に、更に火を注ぐ。ほしい、ほしい、と頭の中がそればかりになる。

乱暴に組み敷いてしまいそうになるのを、高松はどうにか堪(こら)えた。

霧散した理性を苦労してかき集め、できるだけ優しく寝台に押し倒す。

離れた唇から、どちらのものとも知れない色めいた吐息が漏れた。

鶴見の唇の端が濡れていることに気付いて、ぺろりと舐(な)める。

「んふ、ふふ、犬みたいや……」

密(ひそ)やかに笑った鶴見が、情欲で潤んだ瞳で見つめてくる。

色めいた眼差(まなざ)しに、高松は目を眇(すが)めた。

「君だけの犬だよ」

「ふ、阿呆(あほう)……」

まだ笑っている鶴見の浴衣の合わせ目を遠慮なしに開くと、電灯に照らされた白い肌が淡い光を放った。胸を飾る二つの突起は早くも妖艶な牡丹(ぼたん)色に染まり、硬く尖(とが)っている。

ああ、息を呑むほど美しい。

同時に、ひどく劣情を煽(あお)られる。

腹の底から湧き上がってきた情欲に従い、高松は乳首を口に含んだ。舌で小さな粒を転がして味わいながら、もう片方を指で弄(いじ)る。

たちまち鶴見の体が敏感にはねた。

「あっ……、あ、ん」

体温が上がったのだろう、鶴見の体から花の蜜を思わせる香りが立ち上る。

唯一無二の芳しい香りに鼻腔をくすぐられ、くらりと目眩がした。

僕の鶴見。僕のものだ。

夢中で乳首を愛撫していると、鶴見の震える手に浴衣の衿を引っ張られた。もともと緩んでいた合わせ目が開く。剝き出しなった肩を、鶴見は確かめるように何度もなぞる。

鶴見も、僕に触りたがっている。

その事実に身震いするほどの喜びを感じた高松は、乳首だけでなく汗ばんだ胸や腹にも口づけた。何度も舐めて味わって、肌理の細かい滑らかな肌を甘く嚙む。それでもまだ足りなくて、何度もきつく吸い上げた。

「は、あっ、あ」

鶴見が艶めいた声をあげる。

視線を上げると、白い肌には桃色の印がいくつも刻まれていた。

鶴見の肌に跡をつけることを許されているのも、愛らしい乳首を吸って弄っていいのも、僕だけだ。

そう思うと、全身に鳥肌が立った。途方もない愛しさと獣じみた情欲がない交ぜになり、息があがる。

は、と熱い息を吐いた高松は、下帯に包まれた鶴見の劣情が立ち上がっていることに気が付いた。引き締まった腰がもどかしげに揺れている。

この先へ進むのを許されているのも、もちろん僕だけだ。

高松は結ばれた帯はそのままに、鶴見の浴衣の裾を手で割り開いた。膝の辺りまでめくれていたせいで、難なく白い腿にたどり着く。間を置かずに内側を撫でまわすと、びくん、とまた鶴見がはねた。

「ん、あぁ、高松……」

ねだるように呼ばれて、うん？　と応じる。

その間も内腿を撫でる手は止めない。

「触って……」

鶴見はびくびくと震えながら囁く。

こちらを見上げる漆黒の瞳は、快楽に濡れている。

「触っているだろう？」

「ちが……、僕の……、僕のこれ……」

自ら下帯を解こうとする手を、高松はできるだけ優しく押し止めた。

「僕がするから」

「ん、して……。早よ、して」

傾城(けいせい)と呼んでも過言ではない美しい人が、今にも泣き出しそうに眉をひそめ、腰をいやらしく揺らして愛撫を請う様は、ぞっとするほど蠱惑的(こわくてき)だ。

高松は些(いささ)か乱暴に鶴見の下帯を緩めた。

布地が擦(こす)れたらしく、あぁ、と鶴見が色めいた声を漏らす。

既に濡れて熟していた陰茎を、高松は躊躇(ためら)うことなく掌(てのひら)で包み込んだ。高松のものに比べると細身のそれから熱と脈動が伝わってきて、ごくりと喉が鳴る。そのまま強く扱(しご)くと、くちゅくちゅと淫靡(いんび)な音があふれた。

「あかん、そんな、急に……！」

帯を締めたままなので浴衣の前が開ききらず、高松からは鶴見の劣情は見えない。しかし高ぶって震えているのが、掌に直接伝わってくる。

興奮を抑えきれず、高松は熟した果実を夢中で擦った。

鶴見は掠(かす)れた悲鳴をあげてしがみついてくる。

「やあ、はげし……！」

「触ってほしかったんだろう？」

「そ、やけど……、そんな、強う、せんといて……！」

鶴見の白い肌は、今や薄桃色に染まっていた。

休みなく続く高松の愛撫に、汗に濡れた体が淫らに悶(もだ)える。

「あ、あっ、出る……！」

「出していいぞ」

「やっ、早い、早いから」

「早くてもいい。むしろ早い方が、いやらしくて、淫らで可愛い」

真っ赤に染まった耳元で囁いて、欲の証が次々に生み出されている先端を弄る。

刹那、鶴見は呆気なく極まった。高松の肩をつかんでいた手に、ぎゅうと力がこもる。

「あ、は……」

絶頂の余韻に、鶴見は恍惚と甘い声を漏らした。ぐったりと投げ出された四肢は、やはり小刻みに震えている。

それらを目の当たりにして、とうに反応していた高松自身がますます猛った。く、と思わず喉が鳴る。

その音に気付いたらしく、鶴見はぼんやりとこちらを見上げた。荒い息を吐きながら、不満げに唇を尖らせる。

「いって、しもたやないか……」

「ああ、可愛かった」

引き寄せられるように、突き出された唇を軽く吸う。柔らかな感触が気持ちよくてたまらなくて、そのまま何度も口づけた。

すると鶴見は自ら唇を開き、桃色の舌を差し出す。

鶴見も気持ちがいいんだ。

たまらない気持ちになった高松は、遠慮なく愛らしい舌に吸いついた。

「ん、んっ、んう」

鶴見が喉の奥で啼くのが、またたまらない。

ちゅ、ちゅ、と音をたてて舌を味わいつつ、高松は下に手を伸ばした。鶴見の帯を強引に解く。口づけながら更に浴衣の前を開いたのは、今し方果てたばかりのものを見たかったからだ。唇をわずかに離して見下ろした先にあったのは、淫猥な桃色に染まった陰茎だった。

濡れそぼったそれは、緩やかに起ちあがっている。鶴見が腰を揺する度に頼りなく揺れて、先端からとろとろと蜜を零す。

口を吸っただけでこんなになったのか。

もう何度も見た光景なのに、心底嬉しくて愛しくて、苦しいほど欲情した。

白い肌とは対照的な漆黒の茂みをかき分け、いやらしく震えるそれに触れようとすると、や、と鶴見が声をあげる。

「そこは……、ええから……」

「しかし、また濡れている」

「あ、やめ、触んな……。そこや、のうて」

高松の手をどうにか払い除（の）けた鶴見は、自身の両の膝をゆっくりと持ち上げた。引き締まった小ぶりの尻が露（あら）わになる。その白い尻の谷間にある、陰茎とよく似た濃い色に染まった菊座も、惜しげもなく外気に晒（さら）された。

ひくひくと淫らに蠢（うごめ）くその場所を、鶴見の指が左右に開いてみせる。艶やかな桃色の内壁が暴かれた。

高松は息をするのも忘れて、目の前の鶴見に見入っていた。

劣情を激しく煽る卑猥な光景なのに、あまりにきれいで目が離せない。瞬（まばた）きすら惜しい。

高松の強い視線を感じたのか、きゅう、と菊座が収縮した。

鶴見の息が上がる。細い腰がいやらしくくねる。

「さっき、自分で、したけど……、まだ、足りんから……。もっと拡（ひろ）げて……？」

喘（あえ）ぐ息の合間にねだられ、高松は獣のように唸（うな）った。

だめだ。堕（お）ちる。

頭の片隅でそんなことを思ったときにはもう、菊座に口づけていた。唇で、舌で、歯で、夢中で貪る。

「あっ、阿呆、そんなっ……、あ、あかっ、やっ」

まさか口で愛撫されるとは思っていなかったらしく、鶴見が腰を引いて逃れようとする。

しかし高松は逃さなかった。暴れる脚を捕らえて大きく開かせ、膝を寝台に押しつける。

そうして鶴見を折り畳まれたような体勢にして、菊座を思う存分舐めまわした。

「あぁ、あは、高松、だめ、だめっ、あぁん……！」

舌を強引に中へ入れると、鶴見は一際色めいた声をあげた。己の声の高さにハッとしたらしく、震える手で脱がされた浴衣をつかんで口に含む。

「んっ、んふ、ぅん」

くぐもった声にまた興奮して、高松は唾液を注いだその場所に、指を潜り込ませた。

「んーっ……！」

鶴見の足指の先がはね上がる。

指で探ったそこは思いの外柔らかかった。自分でしたというのは本当らしい。

そういえば夕食の後、鶴見は用事を思い出したと言ってどこかへ行った。一緒に行こうかと言うと、たいした用やないからと断られた。

合唱部の用事だとばかり思っていたが、違ったのだ。

寮で体をつなげるとき、高松が遊戯室なり図書室なりに行った後、この部屋に残って準備をするのがほとんどだった。高松は僕がやりたいと言ったのだが、断固拒否された。

今日は厠(かわや)でしたのか。それとも、どこか別の場所で？

寮には使われていない部屋がある。創立当時、寮として使われていた部室棟にも空き部屋がある。

そんな誰かに見つかるかもしれない場所で、自慰に等しい行為をしたのか。

焦燥と怒りと心配がない交ぜになり、どす黒い感情が腹に湧く。

だめだ。そんなのは許さない。

しかし一方で、鶴見が薄暗い部屋で声を殺して己の菊座を解している姿を想像すると、どうしようもなく劣情を刺激される。

「鶴見、この部屋以外で、絶対に、準備はするな。危ないだろう？」

「ん、うん」

「約束だぞ。僕を、心配させるな」

「うん、ん、く」

高松の言葉が届いているのか、届いていないのかはわからなかったが、鶴見は何度も頷いた。

熱く熟れた内部を拡げる指は、既に二本に増えている。

「今度、別の場所で準備をしたら、お仕置きだ」

「んふ、ん、おしお、き？」

「そうだ。君が嫌がっても、朝まで、抱き潰す」

きつく閉じられていた瞼が、うっすらと開いた。

快楽に蕩けた瞳が、己の中をかき乱す高松を捉える。

「あう、ん、そんなん、お仕置き、ちゃう……」

「だったら、何だ？」

「うれし、から、ごほうび……、あっ、んん！」

高松が感じるところを三本目の指で抉った途端、鶴見は二度目の絶頂を迎えた。

放出している間も、指での愛撫は止めない。

鶴見は浴衣を噛みしめて身悶える。

「んっ！　ん、ぅん」

ひとつも言葉にはならなかったが、高松には鶴見が言いたいことが全てわかった。

あかん、今、触るな。抜いて。いやや、抜かんといて。

もっと。して。入れて。君のを、僕の奥まで。

——ああ、堕ちる。

今日まで鶴見と幾度も睦み合ってきたが、これほど欲情したのは初めてかもしれない。

高松は一気に指を引き抜いた。鶴見が甘い悲鳴をあげる。

桃色の陰茎の先端から、ぴゅ、と透明の雫が飛んだのを目の当たりにしたら、もう限界だった。

片手で荒々しく己の劣情を取り出す。間を置かず、怒張したものを指で拡げた場所にあてがった。それだけで感じてしまったらしく、ぎゅうと鶴見の足の指が丸まる。

可愛い。愛しい。たまらなくいやらしい。

欲に任せて突き入れてしまいそうになるのを、ほんのわずか残っていた理性でどうにか堪え、できるだけゆっくりと挿入した。

「んう、んっ……、んー！」

鶴見の中は、火傷しそうなほど熱かった。しかもきつく締めつけてくる。

しかし高松を拒みはしない。包み込んで淫らに蠕動し、奥へと誘う。

ぐ、と腰を進めて全てを呑み込ませると、鶴見が顎をのけ反らせた。

全身が総毛立つような強烈な快感に襲われて、思わず強く目を閉じる。額に浮いた汗が、つ、といくつか頬に流れた。ひっきりなしに吐き出す息が熱い。

だめだ。長くはもたない。

「すまない、鶴見。動くぞ……」

掠れた声で告げて、高松は腰を引いた。

逃すまいとするかのように絡みついてくる内壁を、再び押し開く。

すると、先ほどは届かなかった奥まで達した。今まで数回しかたどり着いたことのないその場所を、高松は渾身の力で幾度も突く。

そうして律動する度、ぐちゅぐちゅと卑猥な水音があふれた。寝台が軋む音も大きくなる。

「んっ！　んふ……、んう、んん」

浴衣で押さえていても、鶴見の嬌声が更に艶めいたのがわかった。

快楽に蕩けた目からぽろぽろと涙が零れる。宙に浮いた足指の先が、幾度も不規則にはねた。

再び反り返った陰茎は、折り畳まれたような姿勢のせいで鶴見自身の腹に擦りつけられている。敷布を握りしめる指は真っ白だ。

「うんっ、ん」

高松、と呼ばれたのがわかった。

大きく割り広げられていた両脚が、獰猛な動きをくり返す高松の腰に絡みつく。

いい、気持ちいい、高松、好きや、好き。

「鶴見……！」

我慢できずに奥深くまで突き上げると同時に、高松は達した。淫らに蠢く鶴見の内部を、己の熱でたっぷりと潤す。目眩がするほどの快感に、低く呻いた。

「ん、ん、んっ……」

鶴見はびくびくと震えながら、高松の欲を受け止める。

長い放出が終わって安堵したのか、口から浴衣が外れた。

「はあ、は……、あ、あ」

艶めいた甘い声に鼓膜をくすぐられ、たまらない気持ちになった。

もっと鶴見に僕を浸透させたい。そうしてひとつに混じり合いたい。

新たに湧いた渇望に逆らわず、高松は今し方出したばかりのものを馴染ませるように、鶴見の内壁をゆっくりと擦った。先ほど中に放ったものが淫靡な水音をたてる。

「あ、ぁん、やぁ、なに……？」

鶴見は喘ぎながら尋ねてきた。まだ理性が戻り切っていないらしく、舌足らずな物言いだ。

うん、と頷きつつ、尚もゆったりと動く。そうして己の性器が高ぶったままであることを実感する。まだ足りない。

高松は潤んだ瞳を見つめ返したまま、鶴見自身が放った蜜で濡れた鶴見の腹を撫でた。

「君の望み通り、ここに、届いているか？」

「あぁ、あかん、押したら、あか……！」

鶴見が頼りなく頭を振る。高松の手を退けようとしたものの力が入らないらしく、腕に縋っただけだ。

尚も撫で摩ると、薄い腹が激しく上下する。高松を隙間なく包み込んでいる内部も、淫らに蠕動した。

「やあっ、いやや、やめ」

「届いていないか？」

「届いてる、届いてるから、あっ、あん」

腹を押さえながら緩やかに腰を動かすと、鶴見が身悶えた。その拍子に、既に二度達した彼の性器から蜜が滴り落ちる。

鶴見も、まだ足りないんだ。

我知らず口角を上げた高松は、ゆったりとした動きを次第に速く、激しく、強い律動に変えていった。鶴見の感じる場所を押し潰すようにして幾度も突く。

汗が鶴見の体に散り、彼の汗と混じり合った。それが上気した肌の上を流れる様は、たまらなく扇情的だ。

「ぁあ、は、ん、んう」

再び浴衣を咥(くわ)えた鶴見は、高松に合わせて自らも腰を振った。

二人の動きがぴたりと重なり、ひとつの生き物になったような錯覚を覚える。

獣のように恋人の体を貪って淫靡な快楽に耽(ふけ)っているというのに、この上なく嬉しくて幸せで、同時になぜか切なくて泣きたくなった。

僕は、君を愛している。

声に出したのか、それとも出さなかったのか、自分ではよくわからなかった。

しかし鶴見の中で二度目の絶頂を迎えた後、その鶴見が乱れた息の合間に囁いた言葉は、はっきりと耳に届いた。

「僕も……、僕も、愛してる……」

左の端で歌っていた鶴見と、高松の前に立っていた近藤が、ゆっくりと前へ進み出た。隅から隅までみっしりと人で埋まった客席には、先ほど歌い終えたメンデルスゾーンの『歌の翼に』の余韻が残っている。

楠木(くすのき)音楽堂の荘厳な造りにも臆せず、合唱部員たちは実力を発揮した。そう、繊細でいながら力強い歌声を、思う存分響かせたのだ。昨日、挺進(ていしん)法律高等学校と合同稽古をしたときも、随分と腕を上げたな！　と感心された。

耳の肥えた観客にも、尽瘁商業専門学校の合唱は響いたらしい。皆、微動だにせず次の歌を待っている。

並んで立った鶴見と近藤は目を合わせた。小さく頷き合う。

今日まで、部員全員が実によく稽古した。中でも鶴見と近藤は熱心に歌っていた。近藤がバリトンに転向したのは、鶴見の助言が大きかったに違いない。

高松も、卒業後のことはひとまず脇に置き、合唱の稽古に全力を注いだ。

祖父が言った通り、時には限りがある。だからこそ、今、鶴見と共にできることを精一杯やる。それもまた大事だと思えた。

瓜生の指揮に合わせ、ピアノの前奏が始まる。

まずは鶴見の独唱だ。

「春高楼の花の宴　めぐる盃かげさして」

伸びやかな声が、切々とかつての栄華を歌う。

脳裏に浮かぶのは、やはり父方の祖父の孤独な姿だ。

父方の祖父様に思いを寄せる僕は、きっと商売には向かん。

澄みきった鶴見の歌声に感じ入りながら、今日まで彼の『荒城の月』の独唱を聴く度に思ったことを、また思う。

より多くの利益を得るために時代の先を読み、決断する。損を出さないため、あるいは社員を護(まも)るため、思い切った改革をする。大金を動かし、ときには他社と腹の探り合いをする。出し抜くこともあるだろう。

父や大阪(おおさか)の祖父、そして最近は長兄が当たり前にやっているそれらは、実は少しも当たり前ではない。並みの者がやれば重圧に潰れてしまう。

父や兄や大阪の祖父様のような胆力は、僕には備わっていない。

ならば、何を為すべきか。

鶴見の傍で、何ができるか。

我知らず鶴見をじっと見つめていると、近藤の声が重なった。

「千代の松が枝わけいでし　むかしの光いまいずこ」

鶴見の高く澄んだ声と、近藤の艶やかな低めの声が一体となる。

決して慰(い)えない悲しみが、じわりと胸に迫った。

近藤の歌は入部した当初も素晴らしかったが、深みを増したように思う。きっと観客たちの胸を打つだろう。

瓜生が鶴見と近藤から視線を離し、合唱部全員を見渡した。

息を吸い、歌い出す。

「秋陣営の霜の色　鳴きゆく雁の数見せて
植うるつるぎに照りそいし　むかしの光いまいずこ」

鶴見と近藤の歌声も合唱に溶けた。哀愁を帯びた旋律が、武士の屍が累々と横たわる城へと観客を連れていく。

本当は音楽学校へ行きたかった、と泣いた鶴見。

蛮カラに馬鹿にされても一歩も退かず、ただひたすらに音楽を愛していた。

もし神戸か大阪に音楽学校があったなら、鶴見はどうしただろう?

環境さえ整えば――そう、京阪神に男子も本格的に音楽教育を受けられる学校があれば、もしかしたら状況は違っていたかもしれない。

才能ある若者が、東京でしか叶えられないなら仕方がないと、ひっそり夢をあきらめてしまったら、日本の音楽界にとって大きな損失だ。鶴見が心から愛する音楽の発展を、そんな理由で止めたくない。

青白い月明かりに照らされて立ち尽くす、父方の祖父を思う。

祖父様、僕は名前の通り、声なき声を拾い上げたいです。

浮世はままならぬ。それは真実だ。

わかっていても尚、一人でも、少しでも、何もあきらめずに生きられるように助けたい。

この気持ちを、まずは鶴見に話してみよう。

きっと真摯(しんし)に耳を傾けてくれるはずだ。


かつてない落ち着いた心持ちで扉を叩くと、はい、と太い声が応じた。

「拾(ひろい)です。お忙しいところお邪魔して申し訳ありません。お話ししたいことがあって参りました」

入れ、とまた太い声が応じてくれる。

高松は小さく息を吐き、扉を開いた。

母方の祖父は、どっしりとした大きな机の前に腰かけていた。背後にあるアーチ型の窓から差し込む晩夏の陽光が、祖父の表情をわかりにくくしている。

尽痒商業専門学校生としての最後の夏の休暇。東京の楠木音楽堂で音楽会を無事に終えた高松は、大阪の屋敷を訪ねた。温かく出迎えてくれた祖母に挨拶をした後、靴の埃(ほこり)もろくに払わないまま、祖父の書斎へ向かった。

祖父は手に持っていた書類を机に置き、正面に立った高松を見上げた。

「どないした」

高松がいつもと違うと気付いたのだろう、挨拶を抜きにしていきなり尋ねてくる。

高松は再び息を吐いた。

「祖父様に、お願いがあります」

「何や」

「私に、学校経営を教えてください。お願いします」

高松は真摯に頭を下げた。

ほう、と祖父は相づちを打つ。

「尽瘁の経営に携わりたいんか?」

「いいえ。大阪に、芸術を学べる学校を新たに創りたいのです」

顔を上げると、祖父と視線が合った。

静かだが鋭い瞳が、真意を探るようにこちらを見つめてくる。

今までなら、うつむいて目をそらしただろう。

しかし高松はまっすぐに祖父を見つめ返した。

音楽会が終わった後、本格的に芸術を学べる場所を関西に創りたいと打ち明けると、鶴見は大きく瞬きをした。

音楽だけじゃなくて、書画、彫刻、陶芸、舞踊、建築。あらゆる芸術が男女問わず学べる学校にしたいんだ。

高松のその言葉を聞いた鶴見の漆黒の瞳は、艶やかに潤んだ。高松の語った将来に、鶴見への想いが少なからず影響していると悟ったらしかった。

君やったら、きっと素晴らしい学校が創れる。

しっとり濡れた睫(まつげ)で瞬きをした鶴見は、温かく微笑んだ。

僕も協力するから、何でも言うてくれ。

「才能ある若者が市井(しせい)に埋もれてしまわないよう、本格的に芸術を学べる場所を創りたいのです」

「東京にはあるやろう。東京ではあかんのか」

「東京だけでは足りません。東京から遠く離れた場所に住んでいる学生は、あきらめてしまうかもしれません。学ぶ場所は多い方がいい」

幕末から明治維新にかけての波乱の時代を己の裁量ひとつで駆け抜け、海千山千の連中を相手にしてきた祖父から見れば、隙だらけの青い理想論だろう。

しかし祖父はあきれることなく、ふむ、と頷いた。

「日本の芸術の発展に貢献したいていうことか」

「少し、違います。私は、一人一人の声を拾いたい。彼らの情熱と夢を叶える手助けをしたいのです。そうすることが結果的に、豊かな芸術を生むと考えます」

己の思いを素直に口にすると、祖父はゆっくり瞬きをした。

初めて見るもののように、まじまじとこちらを見つめてくる。

「天啓が降ってきたか」

「いいえ。私が己の狭い了見で、七転八倒しながら考えた上での結論です。ただ、きっかけをくれた人はいます。私にとって、得難い人です」

鶴見を思い浮かべたせいか、自然にまろい声が出る。

そのことに気付いたのか気付いていないのか、祖父は表情を変えることなく、ひとつ、大きく頷いた。

「おまはんの気持ちも、やろうとしてることも、ようわかった。おまはんに学校経営のやり方を教えよう」

「あ……、ありがとうございます！　よろしくお願いします！」

思わず頭を下げると、祖父は白い歯を覗かせた。

「ええ面構えになった」

「え、私がですか？」

「他に誰がおるんや。これからが大変やぞ。気張れよ」

はい、と高松は真剣に応じた。

今の僕は芽吹いたばかりの小さな種だ。

きっと時間をかけても、祖父のような巨木にはなれない。

しかし、少なくとも流されるままの浮き草ではなくなった。

これから自分なりに大地に根を張り、空に向かって枝葉を伸ばしていくのだ。


「荷物がないと広いもんやな」

しみじみと言って、鶴見はこちらを振り返った。

ああと応じたものの、それ以上は言葉が出てこない。

私物が全て持ち出された部屋はガランとしており、長く暮らした馴染み深い部屋なのによそよそしい。

三月半ばの今日、鶴見と高松は尽痒商業専門学校を卒業する。この寮とも今日でお別れだ。

そして、鶴見とも離れ離れになる。

どうしようもない寂しさを、高松はぐっと奥歯を噛みしめて押し殺した。

ふいに頬に温かな手が伸びてくる。

驚いて顔を上げると、そっと頬を包まれた。

見下ろした先で、鶴見が泣き笑いのような表情を浮かべている。

「目出度(めでた)い日に、なんちゅう顔してるんや」

「いや……。明日から、鶴見と一緒に暮らせないと思うと……」

「僕も君が傍にいないのは寂しい」

率直に言った鶴見に、高松も泣き笑いを浮かべた。

寂しいと言ってくれることが嬉しい。しかしどうしても寂しさから逃れられない。

また黙り込むと、優しく頬を撫でられた。

「けど、僕も君も東京で暮らすんや。会いに行くし、会いに来てくれるやろ」

「もちろんだ。手紙も書く」

「うん。僕も書く」

嬉しそうに顔を綻(ほころ)ばせた鶴見は、やはりとびきり可愛らしい。

鶴見は東京音楽学校の師範科——音楽の教員を育てる科へ進学することになった。

近藤と独唱を競った出来事から、教えるという行為を強く意識するようになったらしい。

また、高松が芸術の学校を創ろうとしていることも響いたようだ。高松が創った学校で、一緒に働きたいと思ったという。

父親とは何日もかけてじっくり話し合ったそうだ。

まあ最終的には、弟が麺麭(パン)製造所を継ぐて言うてくれて解決したんやけどな。

鶴見はそう言って嬉しそうに笑った。

中学生になった彼の弟は、相変わらず科学が好きらしい。学校の成績も良いので、てっきり科学者になるものとばかり思っていたが、最近は酵母菌に興味津々で、麺麭製造所の開発室に入り浸っているそうだ。兄を慮(おもんばか)って継ぐと言ったわけではなく、弟自身にパンを極めたい気持ちがあるという。

僕が開発した新しいパンを大勢の人に食べてもらいたいて思うように、兄さんは音楽を大勢の人に広めたいんやろ。兄さんの気持ちはようわかる。せやから僕は兄さんを応援する。麺麭製造所のことは僕に任せろ。

まだまだ幼いと思っていた弟に励まされ、ありがたいやら嬉しいやら、寂しいやら悔しいやらで、感無量になったそうだ。

「しかし、阪神で働くて言うてた君が、東京へ帰ることになるとも思てへんかったな」

「東京へは帰るんじゃない。行くんだ。またこっちに戻ってくるからな」

高松は母方の祖父の古い知り合いが経営している東京の学校で、事務方として働くことになった。大阪で学びながら鶴見の帰りを待つつもりだった高松にとっては、嬉しい誤算だった。

尽瘁商業専門学校の研究生という扱いなので、徴兵も免れた。

「いずれ音楽学校で近藤と会うだろうが、あまり親しくしすぎるなよ」

て腹が立つ」

「近藤は今も、君を誰より頼りにしている節があるからな。僕よりたくさん鶴見に会えるなん

「なんでや」

楠木音楽堂で歌ったことをきっかけに、なんと本当に鶴見と近藤に声がかかった。

挺進法律高等学校の合唱部の顧問が、音楽学校の教師と親しく、鶴見と近藤を紹介したいと言ってきたのだ。

鶴見は、お声がけいただけたのはとても嬉しいですが、僕には他にやりたいことがあるのでと断った。

一方の近藤は、君さえよければ音楽学校を受験してみないかと誘われ、一も二もなく頷いた。

今、彼は尽瘁を中退して東京へ戻り、受験のためのレッスンを受けている。時折送られてくる手紙によると、来年、音楽学校を受験するらしい。案の定、父と兄は反対したそうだが、音楽学校の教員の説得もあり、表向きは快諾、裏側では渋々受け入れたそうだ。

「音楽学校には僕よりずっと優れた人が仰山いとうはずや。僕と旧交を温めてる暇なんかないやろ」

楽しげな物言いに、高松は以前聞いた鶴見の言葉を思い出した。

近藤は彼の夢に僕が理解を示したさかい慕てるだけや。今まで彼の夢をまともに取り合う人がおらんかった反動やろう。他に理解者が現れたら治まる思うぞ。

他に理解者が現れても、近藤は鶴見を慕ったままだったが、そのことを除けば的を射ていたと思う。

鶴見は人をよく見ている。教師の素養があるのだ。これからますます、彼を慕う人は増えるだろう。

誇らしいし嬉しいけれど、おもしろくない気持ちもある。

我知らず口をへの字に曲げていると、鶴見は高松の目を覗き込んできた。

「君はまた、そんな子供みたいな拗(す)ね方して」

くすくすと笑う様が、たまらなく可愛い。

「なあ、高松。実にいろんなことがあったな」

漆黒に輝く宝石のような瞳に見惚れつつ、ああと頷く。

「本当に、いろいろあった」

「高松と出会(でお)て、合唱部に入って、君と一緒に桜音(さくら)楽堂だけやのうて、いろんなとこで歌えて、ほんまに嬉しかったし楽しかった」

「僕も、楽しかった。尽瘁に入ったおかげで君に会えた。君に恋をして、楽しいという気持ちがどういうものなのか初めて知った。それだけでも奇跡だったのに、君が応えてくれて、恋仲になれた。こんなに毎日、幸せを感じたことはなかったよ」

しみじみと言うと、鶴見はムッと顔をしかめた。

「阿呆、今日で終わりみたいな言い方すな。これからも続いてくんやから。僕と一緒にいるためやったら、何でもするんやろ?」

「もちろんだ。僕には君以外は考えられない」

望んで行く場所であっても心配はあるだろう。同じ東京に住むとはいえ、寮とは違って離れて暮らすのだ。寂しいだけではなく、不安もあって当然だ。

それでも強気な物言いが鶴見らしくて、高松は笑みを深めた。

正直、僕も不安だ。

しかし鶴見への想いは揺るがない。それほど大きく、強く、深くなり、既に高松拾という人間の一部になっている。

「高松」

呼ぶなり、鶴見が両腕を伸ばした。

正面から抱きついてくるのを、しっかりと受け止める。

制服越しでも、密着した体の熱は確かに感じられた。

「ありがとう、高松」

「こちらこそ、ありがとう」

「これからもよろしく」

「僕こそ、末永くよろしく頼む」

ん、と頷いた鶴見は、睦言を囁くように歌い出した。

「Laß auch Dir das Herz bewegen,
Liebchen,höre mich!
Bebend harr' ich Dir entgegen!
Komm' beglücke mich!」

——君も心を寄せて
——愛しい人よ　耳をすませておくれ！
——僕は震えながら君を待っている！
——ここへおいで、そして僕を喜ばせてくれ！

シューベルトの『セレナーデ』。

鶴見がこの歌を捧げるのは、僕だけだ。

歓喜に震えていると、ふいにコンコンコン、と扉がノックされた。

思わず鶴見と顔を見合わせる。大いに名残惜しさを感じつつ、ゆっくり離れた。

はい、と鶴見が返事をすると、扉の向こうから朝妻が顔を出す。

「二人とも、そろそろ講堂へ移動した方がいいぞ」

「わかった。朝妻、四年生の部屋を見まわっててくれるんか」

「ああ。寮長としての最後の仕事だ」

何でもないことのように言ってのけた朝妻は、鶴見と高松を交互に見つめた。

「前に話したが、僕は養子だ。朝妻の父は独り身のまま、僕と兄を引き取った」

急に何の話だ。

わからなくて眉を寄せる。鶴見も訝(いぶか)しげに首を傾げた。

以前、朝妻本人から実の両親は流行病で相次いで亡くなったと聞いた。実父が秘書として働いていた会社の社長が、行き場のない朝妻と朝妻の兄を家に置いてくれたという。正式に養子になったのは、尽瘁へ入学する直前だったらしい。強制されたわけではなく、自分で決めたと朝妻は言った。卒業後は養父の会社で働くそうだ。

ちなみに尽瘁に入学してしばらく経った頃、朝妻の養父が野球部を創設した一期生だと祖父に教えてもらった。苗字が同じだからもしかしてと思っていたので納得した。改めて野球部の話を聞いて、血の繋(つな)がりがなくても、朝妻は父親とよく似ていると思った。

朝妻は、ふ、と笑う。

「世の中には様々な人がいるという話さ。じゃあ、また後でな」

踵(きびす)を返した男の背に、ありがとう、と礼を言ったのは鶴見だ。何かを理解して納得したような、芯のある凜とした声だった。

「答辞、がんばれよ」

朝妻は振り返らず、軽く手をあげて応じる。

扉が閉まったのを見届けると、鶴見が小さく息を吐いた。

「朝妻も、僕らの仲に気付いてたみたいや」

「そうなのか？」

「ん。さっきのは朝妻なりの励ましやと思う」

「世の中には、様々な人がいる」

「そうや。僕と君みたいな人もいる」

高松、と愛しげに呼んだ鶴見と、もう一度しっかりと抱き合った。

そうして互いの体温と匂いを、全身に染み込ませる。

「さあ、行こう！」

体を離した鶴見に力強く促され、高松はしっかり頷いた。

そして、二人で扉を開けた。

# あとがき

本書は、以前にキャラ文庫さんから出していただいた『寮生諸君!』の主人公が入学した、尽瘁(じんすい)商業専門学校が舞台です。

ただ、時代設定が違いますし、主人公も異なります。『寮生諸君!』を読んでいなくてもわかる独立した内容になっていますので、未読の方もお手にとってやってください。

既読の方にとっては、覚えのある名前がいくつか出てきます。この学生の父親はあの人で、あの人の孫がこの学生なのね等々、ストーリーとは別に、答え合わせ的にも楽しんでいただけるかと思いますので、ぜひご一読ください。

幕末から明治、大正、昭和初期の空気感が好きで、時折これらの時代を舞台にした話を書かせていただくのですが、明治末期から大正初期という設定は初めてでした。どんな時代か調べてみたところ、いろいろ大変だったようです。近代について調べる度、わりと最近のことやのに何にも知らんなあ、と己の無知を思い知らされます……。考証が及ばず、ふわっとしているところもありますが、どうかご容赦ください。

カップル的には、やんちゃで自信家な受と、普段はちょっとぼんやりしているけど受が絡むとシャキッとする攻、という組み合わせです。

攻はともかく、受は私にしては珍しいタイプです。明治から大正という時代設定だったからこそ、振り切って書けた人物かもしれません。

読んでくださった方に、少しでも気に入っていただけるよう祈っています。


最後になりましたが、お世話になった皆様方に感謝申し上げます。

編集部の皆様、ありがとうございました。特に担当様には本当にお世話になりました。

お忙しい中、挿絵を引き受けてくださった高城(たかぎ)リョウ先生。素敵なイラストを描いてくださり、ありがとうございました。英芽(えいが)をかわいく美しく、高松(たかまつ)を優しげな男前に描いていただけて、とても嬉(うれ)しかったです。

この本を手にとってくださった皆様。貴重なお時間を割いて読んでくださり、ありがとうございました。もしよろしければ、ひとことだけでもご感想をちょうだいできると嬉しいです。

昨年末に体調を崩しまして、しばらくお休みをいただいていました。

これからまたがんばりますので、どうぞよろしくお願い申し上げます。

二〇二二年七月　久我有加(くがありか)

この本を読んでのご意見、ご感想を編集部までお寄せください。

《あて先》〒141－8202　東京都品川区上大崎3－1－1　徳間書店　キャラ編集部気付
「新入生諸君！」係

【読者アンケートフォーム】
QRコードより作品の感想・アンケートをお送り頂けます。
Chara公式サイト http://www.chara-info.net/

■初出一覧
新入生諸君！……小説Chara vol.45（2022年1月号増刊）
卒業生諸君！……書き下ろし

Chara
新入生諸君！……【キャラ文庫】

2022年8月31日　初刷

著者　久我有加
発行者　松下俊也
発行所　株式会社徳間書店
〒141-8202　東京都品川区上大崎3-1-1
電話　049-293-5521（販売部）
　　　03-5403-4348（編集部）
振替　00140-0-44392

印刷・製本　図書印刷株式会社
カバー・口絵　近代美術株式会社
デザイン　モンマ蚕（ムシカゴグラフィクス）


ISBN978-4-19-901076-7

# 久我有加の本

好評発売中

## [寮生諸君!]

時は明治、華族の子息から平民の子まで通う全寮制男子校──そんな新設校に入った武家出身の庄野(しょうの)。同室は、洋行帰りで華族の子息・朝妻(あさつま)。初めは身分差を警戒していたけれど、気さくで公平な朝妻は寮生一致で寮長に就任!! 庄野を副寮長に指名し「ベースボール部を作ろう!!」と言い出して!? 部員集めやレギュラー争い、寮内の勉強会に交流試合──個性豊かな寮生達が巻き起こす青春浪漫!!

# 久我有加の本

好評発売中

## [満月に降臨する美男]

イラスト✦柳ゆと

昼は地味で気弱な俺が、満月の晩だけ人を虜にする美男に変身!?　特異体質の秘密を抱え、しかも憧れて入った会社は倒産寸前――万事休すな営業マンの周(あまね)。そんな周が慕うのは、経営立て直しの任に就いた上司・神宮寺(じんぐうじ)だ。大胆に辣腕を振るう一方で、俺なんかの意見にも真摯に応えてくれる――周がほのかな想いを抱き始めた矢先、なんと神宮寺が周の別人格である"カグヤ"に一目惚れしてしまい!?

# キャラ文庫既刊

**英田サキ**

［DEADLOCK］シリーズ全3巻　ill：高階 佑
［SIMPLEX DEADLOCK外伝］　ill：高階 佑
［STAY DEADLOCK番外編1］
［AWAY DEADLOCK番外編2］
［AGAIN DEADLOCK番外編3］　ill：高階 佑
［OUTLIVE DEADLOCK season 2］　ill：高階 佑
［PROMISING DEADLOCK season 2］　ill：高階 佑
［BUDDY DEADLOCK season 2］　ill：高階 佑
［HARD TIME DEADLOCK外伝］　ill：高階 佑
［恋ひめやも］　ill：小山田あみ
［ダブル・バインド］全4巻
［アウトフェイス ダブル・バインド外伝］　ill：葛西リカコ
［すべてはこの夜に］　ill：笠井あゆみ

**秋月こお**

［王朝春宵ロマンセ］シリーズ全4巻　ill：唯月 一
［王朝ロマンセ外伝］シリーズ全3巻　ill：唯月 一
［幸村殿、艶にて候］全7巻　ill：九號
［公爵様の羊飼い］全3巻　ill：円屋榎英

**秋山みち花**

［略奪王と雇われの騎士］　ill：雪路凹子
［虎の王と百人の妃候補］　ill：夏河シオリ

**犬飼のの**

［暴君竜を飼いならせ］シリーズ1〜9巻
［最愛竜を飼いならせ 暴君竜を飼いならせ10］
［暴君竜の純情 暴君竜を飼いならせ番外編1］
［暴君竜の純愛 暴君竜を飼いならせ番外編2］　ill：笠井あゆみ

**海野 幸**

［ifの世界で恋がはじまる］　ill：高久尚子
［匿名希望で立候補させて］　ill：高城リョウ

［あなたは三つ数えたら恋に落ちます］　ill：湖水きよ
［魔王様の清らかなおつき合い］　ill：小椋ムク

**尾上与一**

［初恋をやりなおすにあたって］　ill：木下けい子
［花降る王子の婚礼］
［雪降る王妃と春のめざめ 花降る王子の婚礼2］　ill：yoco
［氷雪の王子と神の心臓］

**華藤えれな**

［人魚姫の真珠 〜海に誓う婚礼〜］　ill：北沢きょう
［白虎王の蜜月婚］　ill：高緒 拾
［オメガの初恋は甘い林檎の香り 〜煌めく夜に生まれた子へ〜］　ill：夏河シオリ

**可南さらさ**

［先輩とは呼べないけれど］　ill：穂波ゆきね
［旦那様の通い婚］　ill：高星麻子

**かわい恋**

［王と獣騎士の聖約］　ill：小椋ムク
［異世界で保護竜カフェはじめました］　ill：夏河シオリ

**川琴ゆい華**

［ぎんぎつねのお嫁入り］　ill：三池ろむこ
［親友だけどキスしてみようか］　ill：古澤エノ
［へたくそ王子と深海魚］　ill：緒花

**神奈木智**

［その指だけが知っている］シリーズ全5巻　ill：小田切ほたる
［ダイヤモンドの条件］シリーズ全3巻　ill：須賀邦彦
［守護者がめざめる逢魔が時］シリーズ1〜5
［守護者がおちる呪縛の愛 守護者がめざめる逢魔が時6］　ill：みずかねりょう

**北ミチノ**

［好奇心は蝶を殺す］　ill：円陣闇丸
［星のない世界でも］　ill：高久尚子

**久我有加**

［寮生諸君！］　ill：麻々原絵里依
［獲物を狩るは赤い瞳］　ill：金ひかる
［満月に降臨する美男］　ill：柳ゆと
［新入生諸君！］　ill：高城リョウ

**櫛野ゆい**

［臆病ウサギと居候先の王子様］　ill：石田 要
［興国の花、比翼の鳥］　ill：夏河シオリ
［しのぶれど色に出でにけり輪廻の恋］　ill：北沢きょう
［王弟殿下とナイルの異邦人］　ill：榊 空也

**楠田雅紀**

［恋人は、一人のはずですが。］　ill：麻々原絵里依
［あの日、あの場所、あの時間へ！］　ill：サマミヤアカザ
［海辺のリゾートで殺人を］　ill：夏河シオリ
［Brave -炎と闘う者たち-］　ill：小山田あみ
［恋するヒマもない警察学校24時!!］　ill：麻々原絵里依

**栗城 偲**

［玉の輿ご用意しました］
［玉の輿謹んで返上します 玉の輿ご用意しました2］
［玉の輿新調しました 玉の輿ご用意しました3］
［玉の輿に乗ったその後の話 玉の輿ご用意しました番外編］　ill：高緒 拾
［幼なじみマネジメント］　ill：暮田マキネ
［はぐれ銀狼と修道士］　ill：夏河シオリ

# キャラ文庫既刊

**月東 湊**
［親愛なる僕の妖精王へ捧ぐ］ ill：みずかねりょう
［旅の道づれは名もなき竜］ ill：テクノサマタ
［呪われた黒獅子王の小さな花嫁］ ill：円陣闇丸

**ごとうしのぶ**
［熱情］ ill：高久尚子

**小中大豆**
［妖しい薬屋と見習い狸］ ill：高星麻子
［ないものねだりの王子と騎士］ ill：北沢きょう
［十六夜月と輪廻の恋］ ill：夏河シオリ
［鏡よ鏡、毒リンゴを食べたのは誰？］ ill：みずかねりょう
［気難しい王子に捧げる寓話］ ill：笠井あゆみ
［行き倒れの黒狼拾いました］ ill：麻々原絵里依

**沙野風結子**
［一滴、もしくはたくさん］ ill：湖水きよ
［人喰い鬼は色に狂う］ ill：葛西リカコ
［夢を生む男］ ill：北沢きょう
［疵物の戀］ ill：みずかねりょう
［なれの果ての、その先に］ ill：小山田あみ

**秀 香穂里**
［くちびるに銀の弾丸］シリーズ全2巻 ill：祭河ななを
［他人同士］全3巻 ill：新藤まゆり
［大人同士］全3巻 ill：新藤まゆり
［他人同士 －Encore!－］ ill：新藤まゆり
［地味な俺が突然モテて困ってます］ ill：Ciel

［魔人が叶えたい三つのお願い］ ill：小野浜こわし
［恋に無縁なんてありえない］ ill：金ひかる
［高嶺の花を手折るまで］ ill：高城リョウ
［ドンペリとトラディショナル］ ill：みずかねりょう
［脱がせるまでのドレスコード］ ill：八千代ハル

**愁堂れな**
［法医学者と刑事の相性］シリーズ全2巻 ill：高階 佑
［美しき標的］ ill：小山田あみ
［ハイブリッド ～愛と正義と極道と～］ ill：水名瀬雅良

**神香うらら**
［恋の吊り橋効果、試しませんか？］
［恋の吊り橋効果、深めませんか？ 恋の吊り橋効果、試しませんか？2］
［恋の吊り橋効果、誓いませんか？ 恋の吊り橋効果、試しませんか？3］ ill：北沢きょう
［伴侶を迎えに来日しました！］ ill：高城リョウ
［葡萄畑で蜜月を］ ill：みずかねりょう

**菅野 彰**
［毎日晴天！］シリーズ1～17
［花屋に三人目の店員がきた夏 毎日晴天！18］
［竜頭町三丁目帯刀家の徒然日記 毎日晴天！番外編］
［竜頭町三丁目まだ四年目の夏祭り 毎日晴天！外伝］ ill：二宮悦巳
［愛する］ ill：高久尚子
［いたいけな彼氏］ ill：湖水きよ
［成仏する気はないですか？］ ill：田丸マミタ

**杉原理生**
［星に願いをかけながら］ ill：松尾マアタ
［錬金術師と不肖の弟子］ ill：yoco
［愛になるまで］ ill：小椋ムク

**すとう茉莉沙**
［触れて感じて、堕ちればいい］ ill：みずかねりょう
［営業時間外の冷たい彼］ ill：小椋ムク
［本気にさせた責任取ってよ］ ill：サマミヤアカザ

**砂原糖子**
［灰とラブストーリー］ ill：穂波ゆきね
［猫屋敷先生と縁側の編集者］ ill：笠井あゆみ
［小説家先生の犬と春］ ill：笠井あゆみ
［アンダーエール！］ ill：小椋ムク
［バーテンダーはマティーニがお嫌い？］ ill：ミドリノエバ

**高尾理一**
［鬼の王と契れ］シリーズ全3巻 ill：石田 要

**高遠琉加**
［神様も知らない］シリーズ全3巻 ill：高階 佑
［天使と悪魔の一週間］ ill：麻々原絵里依
［さよならのない国で］ ill：葛西リカコ
［刑事と灰色の鴉］
［白と黒の輪舞 刑事と灰色の鴉2］ ill：サマミヤアカザ

**月村 奎**
［そして恋がはじまる］全2巻 ill：夢花 李
［アプローチ］ ill：夏乃あゆみ
［きみに言えない秘密がある］ ill：サマミヤアカザ

# キャラ文庫既刊

### 遠野春日

[砂楼の花嫁]
[花嫁と誓いの薔薇 砂楼の花嫁2]
[仮装祝祭日の花嫁 砂楼の花嫁3]
[愛と絆と革命の花嫁 砂楼の花嫁4] ill:円陣闇丸
[蜜なる異界の契約] ill:笠井あゆみ
[黒き異界の恋人] ill:笠井あゆみ
[疵と蜜] ill:笠井あゆみ
[恋々 疵と蜜2] ill:笠井あゆみ
[鼎愛―TEIAI―] ill:嵩梨ナオト
[美しい義兄] ill:新藤まゆり
[愛しき年上のオメガ] ill:みずかねりょう
[やんごとなきオメガの婚姻] ill:サマミヤアカザ
[夜間飛行]
[存在証明 夜間飛行2] ill:笠井あゆみ
[百五十年ロマンス] ill:ミドリノエバ

### 中原一也

[愛と獣―捜査一課の相棒―] ill:みずかねりょう
[魔性の男と言われています] ill:草間さかえ
[花吸い鳥は高音で囀る] ill:笠井あゆみ
[俺が好きなら咬んでみろ] ill:小野浜こわし
[街の赤ずきんと迷える狼] ill:みずかねりょう
[拝啓、百年先の世界のあなたへ] ill:笠井あゆみ
[幾千の夜を超えて君と] ill:麻々原絵里依

### 凪良ゆう

[恋愛前夜]
[求愛前夜 恋愛前夜2] ill:穂波ゆきね
[天涯行き] ill:高久尚子
[おやすみなさい、また明日] ill:小山田あみ
[美しい彼]
[憎らしい彼 美しい彼2]
[悩ましい彼 美しい彼3]
[interlude 美しい彼番外編集] ill:葛西リカコ
[ここで待ってる] ill:草間さかえ
[初恋の嵐] ill:木下けい子
[セキュリティ・ブランケット 上・下] ill:ミドリノエバ
[きみが好きだった] ill:宝井理人

### 夏乃穂足

[飼い犬に手を咬まれるな] ill:笠井あゆみ
[真夜中の寮に君臨せし者] ill:円陣闇丸

### 成瀬かの

[兄さんの友達] ill:三池ろむこ
[隣の狗人の秘密] ill:サマミヤアカザ
[神獣さまの側仕え] ill:金ひかる

### 西野 花

[溺愛調教] ill:笠井あゆみ
[陰獣たちの贄] ill:北沢きょう
[獣神の夜伽] ill:穂波ゆきね
[淫妃セラムと千人の男] ill:北沢きょう
[催淫姫] ill:古澤エノ
[金獅子王と孕む月] ill:北沢きょう

### 鳩村衣杏

[学生服の彼氏] ill:金ひかる
[きれいなお兄さんに誘惑されてます] ill:砂河深紅

### 樋口美沙緒

[八月七日を探して] ill:高久尚子
[他人じゃないけれど] ill:穂波ゆきね
[狗神の花嫁] シリーズ全2巻 ill:高星麻子
[予言者は眠らない] ill:夏乃あゆみ
[パブリックスクール―檻の中の王―]
[パブリックスクール―群れを出た小鳥―]
[パブリックスクール―八年後の王と小鳥―]
[パブリックスクール―ツバメと殉教者―]
[パブリックスクール―ロンドンの蜜月―]
[パブリックスクール―ツバメと監督生たち―] ill:yoco
[ヴァンパイアは我慢できない dessert] ill:夏乃あゆみ
[王を統べる運命の子①～③] ill:麻々原絵里依

### 火崎 勇

[カウントダウン!] ill:高緒 拾
[俺の知らない俺の恋] ill:木下けい子
[ヒトデナシは惑愛する] ill:小椋ムク
[エリート上司はお子さま!?] ill:金ひかる
[メールの向こうの恋] ill:麻々原絵里依
[契約は悪魔の純愛] ill:高城リョウ
[かわいい部下は渡しません] ill:兼守美行

### 菱沢九月

[小説家は懺悔する] シリーズ全3巻 ill:高久尚子
[年下の彼氏] ill:穂波ゆきね
[好きで子供なわけじゃない] ill:山本小鉄子
[飼い主はなつかない] ill:高星麻子
[同い年の弟] ill:穂波ゆきね

### 松岡なつき

[WILD WIND] ill:雪舟 薫

# キャラ文庫既刊

[FLESH&BLOOD①～㉔] ill：①～⑪雪舟 薫／⑫～彩
[FLESH&BLOOD外伝 ―女王陛下の海賊たち―]
[FLESH&BLOOD外伝2 ―祝福されたる花―] ill：彩
[H・K(ホンコン)ドラグネット] 全4巻 ill：乃一ミクロ
[流沙の記憶] ill：彩

**水原とほる**

[名前も知らず恋に落ちた話] ill：yoco
[監禁生活十日目] ill：砂河深紅
[正体不明の紳士と歌姫] ill：yoco
[彼は優しい雨] ill：小山田あみ
[月がきれいと言えなくて] ill：ひなこ
[見初められたはいいけれど] ill：ミドリノエバ
[小説の登場人物と恋は成立するか？] ill：サマミヤアカザ

**水無月さらら**

[いたいけな弟子と魔導師さま] ill：yoco
[海賊上がりの身代わり王女] ill：サマミヤアカザ
[二度目の人生はハードモードから] ill：木下けい子
[僭越ながらベビーシッターはじめます] ill：夏河シオリ
[新米錬金術師の致命的な失敗] ill：北沢きょう

**水壬楓子**

[桜姫] シリーズ全3巻 ill：長門サイチ
[森羅万象] シリーズ全3巻 ill：新藤まゆり

[王室護衛官を拝命しました] ill：サマミヤアカザ
[王室護衛官に欠かせない接待] ill：みずかねりょう
[たとえ業火に灼かれても] ill：十月

**宮緒 葵**

[蜜を喰らう獣たち] ill：笠井あゆみ
[忘却の月に聞け] ill：水名瀬雅良
[祝福された吸血鬼] ill：Ciel
[悪食] ill：みずかねりょう
[羽化 悪食2]
[曙光 悪食3] ill：古澤エノ
[百年待てたら結婚します] ill：サマミヤアカザ

**夜光 花**

[不浄の回廊]
[二人暮らしのユウウツ 不浄の回廊2]
[欠けた記憶と宿命の輪 不浄の回廊3]
[君と過ごす春夏秋冬 不浄の回廊番外編集] ill：小山田あみ
[ミステリー作家串田寥生の考察]
[ミステリー作家串田寥生の見解] ill：高階 佑
[バグ] 全3巻 ill：湖水きよ
[式神の名は、鬼] 全3巻 ill：笠井あゆみ
[式神見習いの小鬼] ill：笠井あゆみ

**吉原理恵子**

[二重螺旋] シリーズ1～13巻 ill：円陣闇丸
[箱庭ノ雛 二重螺旋14]
[灼視線 二重螺旋外伝] ill：円陣闇丸
[間の楔] 全6巻 ill：長門サイチ
[影の館] ill：笠井あゆみ

[暗闇の封印―邂逅の章―]
[暗闇の封印―黎明の章―] ill：笠井あゆみ
[銀の鎮魂歌(レクイエム)] ill：yoco

**六青みつみ**

[輪廻の花～300年の片恋～] ill：みずかねりょう
[鳴けない小鳥と贖いの王～彷徨編～]
[鳴けない小鳥と贖いの王～再逢編～] ill：稲荷家房之介

**渡海奈穂**

[僕の中の声を殺して] ill：笠井あゆみ
[狼は闇夜に潜む] ill：マミタ
[御曹司は獣の王子に溺れる] ill：夏河シオリ
[憑き物ごと愛してよ] ill：ミドリノエバ
[山神さまのお世話係] ill：小椋ムク

〈四六判ソフトカバー〉

**ごとうしのぶ**

[ぼくたちは、本に巣喰う悪魔と恋をする]
[喋らぬ本と、喋りすぎる絵画の麗人]
[ぼくたちは、優しい魔物に抱かれて眠る]
[ぼくたちの愛する悪魔と不滅の庭] ill：笠井あゆみ

**松岡なつき**

[王と夜啼鳥(ナイチンゲール) FLESH&BLOOD外伝] ill：彩

**アンソロジー**

[キャラ文庫アンソロジーⅠ 琥珀]
[キャラ文庫アンソロジーⅡ 翡翠]
[キャラ文庫アンソロジーⅢ 瑠璃] ill：円陣闇丸

〈2022年8月27日現在〉